U0043818

惡德偵探制裁社1

松岡圭祐

目錄

1

翻開詞典查「偵探」，可找到明確定義：暗中探查他人的行動、祕密，或是以此爲業的人。

小說世界中的偵探則猶如天差地別。身爲民間人士卻深受警方尊敬，得以介入搜查，在相關人士聚集的場面展開邏輯推理，指出嫌犯。詞典裡可沒有這樣的敘述。

四十六歲的須磨康臣長期身爲一個中規模法人的負責人。

早期叫偵探事務所，不久之前叫徵信社，現在自號爲調查公司，名稱順應時代改變。乘著這股風潮，在三年前掛起「須磨調查股份有限公司」的新招牌。畢竟是到處揭露陌生人隱私的骯髒工作，他希望多少能緩和一點自我厭惡感。這就是變更公司名稱的理由。

即使詞典上沒記載，這份工作和小說中描寫的偵探倒也多少有重疊之處。近年來，偵探事務所與警方開始合作，而且處境並不如故事陳述的那麼糟糕，幾乎沒碰到辦案人員冷漠對待或疏遠的案例。

平成十九年（二〇〇七）六月實施「偵探業業務管理辦法」，俗稱偵探業法。以往偵探事務所能自由開業，但從這一天起有義務提出營業申請，且根據該法第一〇條規定，須嚴守保密義務。

過去五年內曾加入黑道組織或遭判入獄服刑者，不能當偵探。一旦有法律背書，警方也無法將偵探當成無賴或惡棍對待。

說穿了，偵探與警方之間，原本就分成民事與刑事兩種專業領域，保有共存空間，因此鮮少發生衝突或摩擦。發現偵探的調查與警方辦案目的一致的情況下，也可能締結一定程度的互助關係。不過在絕大多數的案例中，偵探僅止於提供情報，警方只會透露些許辦案方向。

至於故事中偵探最引人注目的拿手好戲——推理，其實沒有那麼美好。即使是行蹤調查，原則上也不能跟蹤進入安裝對講機門禁系統的公寓內。要是公寓裝有監視攝影機，只能跟蹤到入口。若要調查目標住處，必須靠觀察信箱與陽台的狀態，藉消去法縮小選項範圍，推斷出答案。

至於月薪，高中畢業的起薪是十五萬圓，大學畢業則是二十萬圓，這是一般行情。

只要知道工作有多繁重，便會得到「薪水嚴重過低」的結論。辭職者源源不絕，長期以來缺乏人手。偵探業的常態就是如此。

不過，世上不乏無聊人士，想當偵探的應徵者陸續蜂擁而至。只要在徵人廣告加上一行說明：「這份工作可參與警方的搜查，也有發揮推理能力的機會」，應徵者就會益發踴躍。

與其他容易造成幻想的職業一樣，偵探業建構一套在就職前的階段篩選應徵者的系統，社會上稱爲「培訓班」。培訓班會收取高額學費，教授實務方面的祕訣，但不保證課程結束後能就業。他們兜售的是華而不實的渺茫夢想。

如今，只要在雅虎或Google搜尋「偵探學校」，就能找到好幾個符合條件的網站。須磨在經營調查公司之餘，籌辦並親自指導課程爲期兩年的ＰＩ學校，受訓時間之長與費用之昂貴在同業中都是首屈一指。

ＰＩ是private investigator，即私家偵探的簡稱。沒明寫出「偵探」二字，是因爲並非以僱用爲前提的人才培育課程，如此多少可沖淡他純粹當副業的愧疚感。

租下汐留站附近的外語商業專門學校空樓層營運的須磨ＰＩ學校，在今年春天招收第六期學生。

午後西斜的太陽強得不似這個季節所應有，光線透進遮住走廊窗戶的百葉窗，造成極端的黑白明暗落差。擋住彷彿會刺穿身體的光線，須磨不停往前走。想到為報名入學者舉辦說明會是多麼枯燥乏味的工作，在空虛中迴響的鞋聲也親切幾分。

踏進教室，或許是百葉窗拉起的緣故，光影變化益發顯著。坐滿座位的五十幾張面孔全以鼻梁為軸，一半泛著白光，剩下的一半隱沒於黑暗。須磨心想，我的臉也呈現同樣的強烈對比吧。

「我是須磨ＰＩ學校的負責人須磨康臣，請多指教。」須磨彬彬有禮地開口。

一張張眼神空洞的臉孔抬起。雖然剛面對面，成員給他的印象跟以往沒太大不同。男性占壓倒性多數。以年輕人為中心，也有中年以上的人。七成感覺像御宅族，三成看來是找不到工作，一副「我什麼都願意做」的表情。

無論是誰，都長著不起眼、完美詮釋「平凡」一詞的容貌。外表缺乏個性對偵探來說是不錯的特質。

話雖如此，並不保證他們的內在特質適合。他很難想像這些人具備成為偵探不可或缺的機智與耐力。

最前排的青年西裝筆挺，背脊打直的姿勢十分端正，但是……須磨注視著他的腳跟，鞋子髒了。很顯然地，他並未累積太多社會經歷。

現場有格外精心打扮的年輕女子面帶微笑，這也是說明會常見的景象。第三排排頭的女人就是一例。她一身廉價衣服，卻提著名牌包，戴著百圓商店販賣的塑膠手環。只要當幾年偵探，不難看出她從事特種行業。這類人自負眼光精準，總愛談論將能力發揮於偵探業的野心，眞派得上用場的一個都沒有。

總之，他必須表現來者不拒的態度，否則賺不了錢。

須磨淡漠地執行職務。他面向白板，寫下一排排的字。「首先說明調查公司的業務內容。以我經營的須磨調查公司爲例，調查範圍包括信用、僱用、保險、市場、生產銷售狀況與管理等等。但是，這些並非偵探課的工作。偵探負責的是涉及人的調查，也就是背景、外遇、行蹤、婚姻與犯罪調查，在委託偵探的這些案子中，最多的是哪一種類型呢？」

輕聲回答「外遇」的聲音響起，須磨轉身面向出席者。「認爲外遇調查最多的人，請舉手。」

乍看之下，所有人都舉起手，但並非如此。

第七排的靠窗座位，一名纖瘦女子望著他。她的雙手放在桌上。須磨牢牢盯著那名女子，感覺是跟其他參加者完全不同的類型。之所以沒注意到她，肯定是因爲她坐在逆光的地方。凝目細看，那令人印象深刻的模樣逐漸浮現在眼前。

她的黑髮又長又直，小巧的面龐上有著眼角微挑的大眼睛，及高挺的鼻梁。肌膚水嫩透亮，看起來還是高中生，或剛上大學。雖然她在白襯衫外套了一件深藍夾克，仍能推測出她的身形多麼纖細。妝化得很淡，幾乎素著臉。

陰鬱的表情與冰冷的態度讓她顯得不太像孩子，但從富有光澤的肌膚來看，須磨認爲她極可能尚未成年。雖然只要監護人同意就能入學，不過那直勾勾的目光與鎭定的態度是怎麼回事？

察覺其他參加者仍舉著手，須磨示意眾人放下。「十年前外遇調查確實是榜首，但如今不管是外遇也好，失蹤也罷，對家人缺乏關心的案例多不勝數。家人失蹤卻不調查、不報警，人與人之間的淡薄關係反倒成爲備受矚目的問題。近來，委託案件數最多的是行蹤調查。現代人明明不怎麼關心親屬，爲何需要調查行蹤？其實是調查陌生人的委託年復一年增加。」

眼角餘光瞥見窗邊的年輕女子流露些許反應。那是極爲細微的瞳眸變化，或許是他想太多。但是，女子直視著他。

須磨沒有回望，繼續環顧參加者，公式化地說下去。「往昔，這些委託基本上都是要求調查知名人物的住址。如今成了針對一般人跟蹤行爲的延伸，要求調查連名字都不知道的陌生人居所。」

現場一陣譁然，第二排一名接近中年的男子低問：

「您會接受這類委託嗎？」

「不會。」須磨保持冷靜，滔滔不絕解釋：「偵探處理的是家庭內部紛爭、尋找離家出走的人、協助預防與借貸相關犯罪的危害等等，是具有強烈倫理觀的職業，對人們的生活有貢獻，尊重個人隱私，誠實執行職務。我們不會接受侵犯人權的委託，也不會安裝竊聽器。雖然會接受調查房間裡是否有竊聽器的業務，但絕不會擅自潛入私宅。」

這種說法只是偵探學校的教育理論。在汽車駕訓班也一樣，會教導學員不可超速。等出了社會，要無視哪項限制到什麼程度都是後果自負。換句話說，事實與這些漂亮話相去甚遠。

但須磨的表情沒有改變。受不了良心苛責，已是遙遠過去的回憶。

「調查行蹤時，要先從委託人口中問出與調查對象的關係及調查目的，婉拒不恰當的委託。偵探無從得知委託人是否適用於反跟蹤法或家暴防治法，當察覺狀況可疑，要直接聯絡調查對象，告知接到這樣的委託，徵詢能否透露住處給委託人。這是現今偵探業的常識。」

教室內一片寂靜，那名未成年少女不知爲何垂下視線。

經過篩選，報名者會留下多少人？須磨淡然繼續道：

「尋找失蹤人口，需要有承受衝擊畫面的心理準備，因爲調查到最後，不乏抵達現場才發現調查對象獨自死在屋中的狀況。凶殺案很少見，偵探也不需要具備驗屍能力，不過，隨出身的大學不同，負責動手術的醫生刀法會有差異，我們會要求各位至少透過照片熟記。」

一如預期，女性參加者都低下頭，模樣怯懦的男性也目光飄忽。

然而，唯獨那名未成年少女始終冷靜回應他的視線。

接下來，輪到補充其他宣傳的時間，須磨的目光落到筆記上。

「那麼，如同烹飪學校提供可額外參加的烘焙衛生師講座，我們也有合作企業。這在偵探的一般業務中並非必要能力，不過視情況可能派上用場，就是護身術講座。附近的跆拳道場在招生，與ＰＩ學校的課程同時進行。有人願意參加嗎？」

幾個看起來有土木工程經驗的人舉手。環顧教室確認參加者時，須磨不由得說不出話。

那名看似未成年的少女，舉起纖細修長的胳臂。

2

須磨為帶來申請書的參加者進行個別面試。他把人依序請到位於教室旁、稍嫌狹小的辦公室，根據十分鐘左右的談話做出最終決定。

西斜的夕照透進窗戶，每個角落都染得通紅。鋁窗框的影子長長延伸，落在入座的參加者臉上。

近距離面對面，就能看出她確實是十幾歲的少女。筆直的目光及毫不畏縮的態度與年齡並不相襯，但搭配她端正的容貌，凸顯出一股宛如洋娃娃的非日常感。當然，她泰然自若的舉止想必不是社會歷練所造就。

須磨看著手中的申請書。紗崎玲奈，十八歲，靜岡縣立濱松北高等學校普通科畢業。那是一所偏差值（註）七十的升學學校。她曾參加國民體育大會的新體操競賽。

父親紗崎克典，已在同意書簽名蓋章。監護人同意讓未成年女兒到偵探學校接受培訓。

視野微微明滅。窗外的樹木枝葉被風吹斜，搖曳著擋住陽光，無限接近寂靜的些微聲響悄悄溜進來。這是室內唯一的聲音。

打破沉默似乎是須磨的職責。他聽著自己低沉的話聲響起：

「妳就讀哪一所大學？還是已就業？」

玲奈維持著冷冰冰的木然表情，回應的口氣有如耳語：

「我打算進入這間學校。」

「雖然掛著學校的名號，我們終究只是培訓班，無法提供學位。」

「我明白。」

唯有一隻眼睛逃脫落在她臉上的陰影，反射著夕照，角膜彷彿帶有光澤。那隻眼睛眨也不眨，專注凝視須磨。

須磨陷入沉默，思考片刻，如實說出內心想法：

「妳不適合。」

玲奈的表情沒變，話聲也沒受影響。「爲什麼？」

「妳會吸引周遭的注意力，適合當偵探的是長相平凡的人。還有，妳臉上沒笑容。即使身處保持笑容會比較自然的環境中，我覺得妳也不會笑，同樣引人注目。」

須磨原本期待玲奈的表情會稍微放鬆，卻完全相反。彷彿徹底拒絕示好，玲奈的神色益發嚴肅。

須磨不禁嘆氣，靠向椅背。

「就算妳入學，也無法保證兩年後能就職。我們學校不負責安排與斡旋工作。」

「我知道。」

「那妳爲什麼要入學？」

「我想瞭解偵探的一切。」

「一切是指什麼？」

「就是全部。一切。」

不可能是腦袋儲存的字彙量不夠吧。從申請書上整齊的字體來看，玲奈不像吊車尾

註：日本計算個人成績之全國百分比的方式，即統計學中的標準分數，偏差值七十表示分數落在全國考生的前百分之二・二七五。

的學生。她的主張肯定如字面所示。

「不是因爲想當偵探嗎？」

「我不想當偵探。」

由於職業因素，須磨看過無數張面孔。若純粹是性格乖僻，眼眸深處不久就會浮現帶點無措的陰影。但是，玲奈的目光完全沒失去力道，彷彿不知萎靡爲何物。

須磨不由得想坐正。他探出身子。

「只是想獲取知識，就更不建議妳進入我們學校。聽起來似乎很矛盾，儘管我們不輔導就業，教授的內容依然相當正式。打著偵探學校招牌的培訓班中，很多只收取二十萬圓以下的費用，在半年內教導基礎知識。妳去諮詢這類培訓班如何？我們的費用頗昂貴。」

玲奈冷不防摸索起提包，拿出一本存摺，示意須磨翻開。

須磨猶豫地接過，打開存摺翻看。最新的紀錄，是昨天一筆五百萬圓的存款，足以全額支付包含住宿在內的兩年學費。

「是令尊出的錢嗎？」須磨靜靜詢問。

玲奈沒回答，僅流露銳利的眼神。「我能入學嗎？」

若要貫徹商人的身分，就不該心生猶豫。須磨領悟到自己一直沒遵守這項原則。之所以安排過於綿密的課程，將只是副業的ＰＩ學校打造得如此充實，是因為他無法完全捨棄理想，滿心想著既然要教，就要傳授偵探業的一切。至今，須磨仍對過去念念不忘。

話雖如此，不可能濫好人到發自內心擔憂受訓生的未來。長久從事偵探業，須磨深信不介入他人生活才是眞理。

他確實有些抵抗逆風而行，卻故意忽視源自內心的壓力，嘀咕著：「隨便妳。」

玲奈沒有表情的臉上，浮現幾許安心神色，復又消失。她接過須磨交還的存摺收進提包，起身微微低頭致意，隨即消失在門口。

目送少女瘦削的身影消失在門後，須磨感到一股虛脫與失落感。

偵探這種職業比一般人所知更卑劣、陰暗、殺機四伏，有時野蠻又暴力。不講道理，沒有任何正派人物，充滿矛盾。

須磨不想將少女牽扯進來。

敲門聲響起，下一個面試者準備進入辦公室，須磨拋開近似感傷的迷惘。

無論年輕人得到什麼結果，須磨都不會與自身的贖罪之心連結在一起。玲奈明言不當偵探，這樣不就好了？

望著紅光漸深的室內，漠然的情緒逐漸支配全身。平穩反倒棲息於不安中，與潔淨的世界永遠互相牴觸。即使醜陋，這就是選擇偵探爲業的人擁有的價值觀。事到如今已無法轉身不去面對。

3

須磨學校的課程從四月中旬的星期一開始。密布低空的淡墨色烏雲下起稀稀疏疏的雨，星星點點落到窗框。這是個陰鬱的上午。

入學者共三十二人，從報名人數來說，這樣算多了。日光燈照亮大白天仍光線不足的教室。跟說明會那天一樣，紗崎玲奈坐在第七排窗邊。須磨早早確認這一點。

他告知過穿著輕便即可，而玲奈也穿著垂墜抓皺的連身裙前來。之前的套裝大概讓她顯得比實際上更瘦削，她其實有著豐滿胸部與纖細腰肢，身材比例完美，如此打扮相當適合。無論身處怎樣的環境，沒人能忽視她。玲奈果然不適合當偵探。

須磨努力避免只注意玲奈。他將過去三年來，每半期課程都會重上一次的講義發給受訓生。

「偵探接受委託進行調查，要從什麼地方收集情報？平成十九年十月前，藉由車牌號碼就能查明車主的住址和姓名，現在則需要車牌與車身號碼兩項資訊。戶口名簿和戶籍也一樣，以前捏造出正經一點的理由，就能透過律師或行政代書取得，但平成二十年五月後，審查變得嚴格。對偵探而言，可說是生不逢時。」

須磨沒摻雜玩笑或俏皮話，僅按部就班持續解說。他先列出種種合法的調查手段。

就算只知約略的居住區域和姓氏，利用不動產估價與查詢網站TAS-MAP的地價地圖搜尋功能，就能調出所有相關住址。即使是沒登錄在電話簿的人物，清單上也會列出同名同姓的人。

在知道全名的情況下，可運用商業資料庫服務G-Search這個網站。只要在過去半世紀內上過一次報，就能找到相關報導。若運用該網站的「人物情報」跨類搜索，從不動產、專利到出入境紀錄，甚至帝國資料銀行和東京工商調查公司的情報都能查得一清二楚。

在網路版「官報」搜尋姓名，就能找到破產及護照遺失紀錄、是否曾在國家考試中合格或有無受動、與法院的關係等等。外國人歸化爲日本人的紀錄可在此查明，若曾遺先外國人居留證也會留下紀錄。

透過國會圖書館調查往昔的住宅地圖與電話簿十分便利。全國國高中生制服資料庫同樣實用，缺點是女生資料豐富，幾乎沒有男生資料，不過能用來鎖定學校。

鎖定疑似是調查對象的住屋後，打電話到該區的法務局，問出與登記資料相符的地號與門牌號碼。接著，利用網路的「登記情報提供服務」，可查到登記簿謄本的內容。

「即使如此，還是無法收集到完整情報，可委託律師。若以向對方請求損害賠償爲前提，律師有資格調閱對方的手機號碼、住址、車牌號碼、銀行帳戶等資料。但是，非法與律師諮商的事走漏會被判罪，要先安排好看似準備提出訴訟的狀況，方能實行。這是最後的手段，希望各位銘記在心。」

須磨的視線停留在做筆記的玲奈身上。他不希望學習能力優秀的玲奈學會這些伎倆，但要吸收什麼是她的自由。

「聽著，」須磨告誡受訓生：「『正多面體』聽起來好像存在無限多種，實際上只有四面、六面、八面、十二面、二十面體，已證明不存在更多。偵探業也一樣。乍看擁有無限可能性的情況，必定能縮小範圍。但是，要小心犯下『確認偏誤』。意思是，絕不能帶著偏見觀察他人，只收集對己方有利的情報支持偏見。偵探自始至終都要保持客觀，收集正確的情報。切勿忘記這一點。」

這週度過一半，須磨著手收集情報。

週三與週四委由其他人擔任ＰＩ學校的講師，而須磨調查公司有將近二十個職員，業務可暫時交給他們處理。於是，須磨得到整天的自由時間。

他搜尋紗崎玲奈的名字，找到數則新聞報導。靜岡縣立濱松北高中一年級，新體操社。當時玲奈在縣高中總體育大會得到冠軍，在全國選拔大會留下第四名的紀錄。這無疑是耀眼的成績，但不知爲何她二年級以後就放棄參賽。

進入ＰＩ學校後，玲奈開始在東京都內生活，住在位於汐留一棟提供受訓生當宿舍的公寓的無隔間套房。她的老家在靜岡縣濱松市，申請書上寫了地址。如同在課程中教導受訓生的原則，須磨拿這個地址向法務局詢問，再用地號與建號調查土地登記簿，在認識的律師協助下取得戶籍謄本。

專注閱讀謄本記載的內容半晌，須磨心底隱隱湧現一股緊張感。

玲奈的家庭狀況複雜，不必細看也能明白。

週五，須磨重回ＰＩ學校講師的崗位。沒有受訓生缺席，玲奈跟往常一樣坐在窗邊。須磨繼續講課：

「尋找失蹤人口時，首先要確認沒帶走的電腦或手機，照片的地理標記常藏有ＧＰＳ座標。就算檔案被刪除，仍能用專門軟體復原。接著，檢查房間裡的書籍和雜誌，一本都不能漏，確認摺起的書頁或畫線處。另外，要注意發票與收據、Suica與PASMO（註）的使用紀錄。即使想銷聲匿跡，也很難在不熟悉的土地生活。可能性會隨著推理而減少，但是……」

須磨向受訓生說明，一般不接受調查趁夜逃亡者的委託。

偵探不應協助查出有金錢糾紛背景者的所在處，因爲只會造成不幸的後果，變成協助暴力犯罪的共犯。

高利貸業者可能假借親戚名義前來委託，必須培養看穿委託人背景的眼力。一旦看破實情，就能根據偵探業法第九條停止調查經過僞裝的委託。

須磨一頓，瞥向玲奈。玲奈的表情毫無變化。

「接下來，要教你們跟蹤的具體方法。」

他從講桌下拿出一雙需綁鞋帶的鞋子，展示在眾人面前。「這是帆布鞋，但遠看像皮鞋，搭配西裝不會不自然。由於是橡膠鞋底，走起來不會感到疲倦，適合用於跟蹤。記得腳指甲要剪成水平狀。接下來是實地說明，所有人起立。」

帶著受訓生穿過走廊，來到大樓的梯廳，須磨回頭望向眾人。

「若跟蹤目標來到電梯前，首先確認外側有無樓層顯示螢幕。有螢幕就走樓梯，沒有就隨目標一起搭電梯，等目標按下要去的樓層數字鍵，接著按下面一層樓。一出電梯立刻從樓梯跑上樓，確認目標走進哪一戶。」

他與受訓生一起離開大樓，從汐留SIO-SITE第五區的義大利街走向竹芝路。在和煦的春陽下，即使心知與這樣的環境不搭調，須磨仍繼續說明：

「跟蹤要兩人一組進行。一個人穿西裝，另一個人打扮休閒，這樣最爲理想，不要戴太陽眼鏡。與目標的距離基本上維持在十五到二十公尺，若目標是右撇子，就保持在稍稍偏右後方尾隨，因爲右撇子較常往左方回頭。還有，如果有地下道和天橋兩條路線，可預設目標會走地下道。雖然爬上爬下費的工夫到頭來都一樣，一般人傾向選擇先往下的路線。找不到目標就是跟丟了，遇到這種情況別猶豫，直接朝往下的路線跑。」

註：皆為關東地區常用的ＩＣ卡，兼具儲值車票與電子錢包功能。

須磨提及進行跟蹤前一天的準備工作。絕不能忘記確認氣象預報，並用Google地圖調查該區域。最好預先到當地走一遍，孰悉各條街道，查清目標的通勤或通學地點，才知道目標會走哪個出入口。

一定要帶零錢和PASMO，跟蹤失敗大多是付錢時耽擱行動。此外，要將駕照和一萬圓鈔票藏進鞋子，以防錢包遺失。

跟蹤時搭上電車或公車，要站在門邊方便立刻下車。如果空位很多，站著搭車不自然，就與目標並排而坐，絕不能坐在目標對面的座位。若是搭飛機，要搶先劃到前方的座位，後方座位人多混雜，容易跟丟目標。

「這種事不能大聲說，不過，萬一不曉得目標的姓名，就觀察目標在ATM是否會丟掉明細。如果目標丟掉明細就撿起來，小心不要被發現。之後，只要用網路銀行匯款至明細上的帳戶，便會以片假名顯示出受款人。當然，要立即取消匯款。」

眾人頓時安靜下來，須磨刻意清清嗓子。

「在意這是否觸法嗎？再舉個例子，若想知道目標的電話號碼，可從目標住家的信箱偷走電話帳單，拆封後就能看到上頭寫的號碼。之後打電話到NTT電訊公司，僞裝成當事人報出姓名與住址，申請重寄一份帳單即可。重寄的帳單與前一份相同，目標不會發現帳單失竊。不過，我要再次強調，這些行爲都得自負後果。」

幾個人流露疑惑神色，面面相覷。須磨並未放在心上，指向車道。

「下週起，會訓練你們開車跟蹤。我們會準備中古的加長型小客車與大型箱形車，鍛鍊你們掌握車身左右距離的能力，在小巷也要行駛自如。習慣開大車後，開小車就簡單了。現在我大略說明一下，最理想的跟蹤方式要有兩、三輛同伴的車，再加上一台機車。」

在都內的一般道路，尾隨在目標後方一百到一百五十公尺內是常識。若是在千葉或埼玉那種視野良好的道路，要保持在三百到五百公尺。靠近紅綠燈時，必須非常自然地拉近距離。就算不小心跟到目標的正後方，也不要直視前方車輛側邊與車內的後照鏡。行駛期間，每七、八分鐘變換一次車道。

「對了，」須磨問受訓生，「有人沒駕照嗎？」

玲奈沒舉手。須磨無論如何就是會在意玲奈，只見她事不關己地望著車道。會這麼問，其實是想喚起剛從高中畢業的她的注意。

「紗崎，」須磨呼喚，「聽見我的話了嗎？」

玲奈的目光轉向須磨，冷淡回答：「畢業後，我馬上考取了駕照。」

砂石車疾馳而過，留下噪音與廢氣。玲奈的黑髮在渾濁的風中搖曳。

這樣啊，須磨低語。

爲求瞭解偵探的一切，看來玲奈已做足所有準備。

週末，ＰＩ學校沒課的星期六下午，須磨獨自實踐跟蹤行動。

目標是與須磨同世代，約四十五、六歲的上班族。即使在ＪＲ濱松站票口前的洶湧人潮中，一旦盯住那個穿西裝的背影就不可能跟丟。男人結實高瘦的體型，及比實際年齡年輕的容貌與舉止，都令人印象深刻。

他名叫紗崎克典，是玲奈的父親，在市內的大型貿易公司擔任課長。

紗崎走向車站前的飯店。確認他進去後，須磨踏入大廳。櫃檯前滿是等著辦理住宿手續的客人。人多到須磨站在原地不辦手續，也不太會引人疑竇。

只見紗崎在商務中心的電腦區，凝視著電腦螢幕。這裡的收費方式是投入百圓硬幣，就能上網三十分鐘。須磨保持距離繞到他背後，貼在螢幕上的保護膜映出光澤。螢幕反射可能形成鏡面效果，不能隨便靠近。光靠目視無法確認紗崎連上什麼網站。

不久，紗崎走出電腦區，前往大廳旁的酒吧。須磨慢慢步向電腦，發現瀏覽器已關閉，但使用時間還沒結束。

他馬上同時按下Ctrl、Shift和T鍵，瀏覽器再次開啓，顯示紗崎關掉瀏覽器前閱讀的頁面。一休.com，是全國高級飯店和旅館的訂房網站，也能當日訂房。由於已登出，無法查詢預約紀錄。

須磨的目光轉向酒吧，紗崎正與人碰面。跟他同坐一桌的是三十多歲的女子，穿雪紡襯衫與及膝長裙，打扮入時，頂著一頭髮尾內彎的及肩長髮，看起來剛經美容院修剪。週六與男人見面的目的不會是爲了工作，且她年輕到不可能是玲奈的母親，長得也不像。

兩人低聲談笑，啜飲咖啡，不久便一同起身離開酒吧，搭電梯下到停車場。須磨無意繼續跟蹤，畢竟想調查的事不勝枚舉。

那天晚上，須磨在濱松市郊外的商務飯店過夜。隔天一早，他收到電子郵件，隨信附有紗崎任職的貿易公司職員名冊。

近來詐騙案頻傳，以電話接觸目標時常碰壁。對於素未謀面的人，突然造訪還比較有機會交談幾句。

須磨先前往宅急便的服務中心。他假裝成那家貿易公司的高階主管，詢問今天是否有貨物送到員工宿舍。這類宅配都一樣，送貨員會隨時隨地以手持裝置讀取宅配單號條碼，將資料傳送回總公司的主機。他得知名冊上的第四人有個在白天送達的宅配。換句話說，即使是週日也有人在家。

須磨造訪員工宿舍，發現只有對方的妻子在家。這次他同樣自稱高階主管，打探紗崎克典的情報。人會推測談話對象的知識量，在交談時配合對方所知的程度。假如發問者沒有任何預備知識，就只會說些無關痛癢的事。須磨早將貿易公司相關的資訊全塞進腦袋。

打聽的結果區分爲第一手與第二手消息。第二手消息類似間接情報，屬於缺乏可信度的傳聞。這次得到不少第一手消息。紗崎克典告訴同事，週末要出席濱松市內展覽館的活動，努力培養人脈。聽見他假日仍熱心工作，同事對他讚譽有加。

不知何時，夕陽逐漸西斜。茜色光芒變幻無常，時而如火焰搖曳般染紅大地，時而隱於虛弱闇影裡。拖曳著大片雲彩的滿天晚霞中，摩天大樓的剪影暗暗浮現，航空障礙燈閃爍的紅光已清晰可見。

須磨前往紗崎家所在地。那位於閑靜的新興住宅區，建地約三十坪，是一棟擁有輕質氣泡磚外牆，獨具特色的雙層房屋。屋裡沒開燈，似乎沒人在家，車庫也沒停任何一輛車。自從搬進都內的宿舍後，玲奈似乎不曾回來。

須磨暗中觀察一陣，住在附近的男子起了疑心，出聲叫住他。須磨毫不慌張，像往常一樣大方表明是來爲移動電線桿做調查。男子露出恍然大悟的表情，轉身離去。

天際的黃昏色彩漸濃，在低沉引擎聲的伴隨下，車頭燈的光束緩緩滑過來。三菱四輪傳動車平滑駛進車庫，下車的只有紗崎克典一個人。他走向玄關，消失在門後。

看來紗崎現在一個人住。一面想，須磨一面走向車庫，輕撫四輪傳動車的前通風柵板。

剛沾上不久的無數昆蟲屍體附著在上頭，想必是在山路開了好幾個小時。不管怎麼想，須磨都不認爲紗崎僅在市內展覽館與住家之間往返。

須磨步向通往車站的小巷。氣溫降得很低，傳入耳中的唯有風聲造就的尖銳寂靜。空氣寒冷徹骨，夕陽完全隱沒，黑夜即將到來。冬季依然在這個角落殘留一絲痕跡。

4

在汐留站西邊，新橋五丁目附近的住商混合大樓中，有一座跆拳道場。

整層樓鋪滿榻榻米，窗戶封起，內嵌的燈泡是唯一的照明。室內整天都陰暗朦朧，但黃昏將近時，斜陽會穿過換氣扇照亮場內。不停迴轉的風扇影子在榻榻米上描繪出巨大的橢圓軌跡，讓場內看起來忽明忽滅。

須磨站在牆邊旁觀。超過二十個穿短領道服的壯漢列隊在前，玲奈是唯一的女子，一頭長髮在後腦杓綁起。道服乍看像空手道服，但前襟縫死，穿著方式似乎是從頭頂套下去，而領口縫著黑邊。玲奈綁的是白帶，對手的男子卻綁著黑帶。兩人身高幾乎相同，都沒穿防具。

她練過新體操，應該培養了不錯的身體能力。這是須磨對玲奈的看法。實際上，從她敏捷的行禮確實感覺不到半點累贅動作。儘管身材纖瘦，她的架式仍有模有樣。

然而，雙方僅在此刻保持勢均力敵。黑帶男子的腳隨即高高抬起，向玲奈劈落。玲奈重重倒向前方，臉幾乎撞上榻榻米。她試圖爬起，黑帶男子的腳像鞭子般連續踢擊。

玲奈正面承受每一記攻擊，身體隨著不斷挨打蜷起，再度垮下。唯有痛苦的喘息與呻吟在室內迴響。

須磨掩飾內心的不忍，努力維持面無表情。因爲這是道場的常態。事實上，沒人有意制止。

即使如此，這也不是能視而不見的狀況。雖然佯裝平靜，須磨仍語帶輕蔑，低喃：「這根本是凌虐。」

朴師範並未望向須磨。看著眼前美其名爲練習的暴力，他神色不改地回應：「是她自己惹來的。剛來她就目無旁人，肆意挑釁。」

玲奈搖搖晃晃站起，雙臂大概使不上力，沒擺出任何防禦動作，等同呆立原地。黑帶男子毫不留情地使出迴旋踢，赤裸的腳狠狠踢中玲奈的臉頰，她的身軀幾乎呈拋物線彈到半空中，重重摔在榻榻米上。

她纖細的胳臂與雙腿何時骨折都不奇怪。須磨拚命按捺焦躁的情緒，向朴師範耳語：「如果是以直接擊打對手爲前提，至少該讓她穿戴護具吧？你想被控告傷害罪嗎？」

「她拒絕使用護具。」朴不快地緊抿嘴唇，轉身消失在門外。

見師範離開，黑帶男子下手益發凶狠。玲奈一試圖爬起，便遭痛毆倒下。不忍卒睹的野蠻動作反覆，彷彿沒有盡頭。不久，玲奈趴倒，全身痙攣。

黑帶男子噴著粗重鼻息轉身離去，連低頭敬禮都沒有。其他道服男子跟著散去，沒人關心倒地的玲奈。

看來她惹得旁人相當反感，想必是完全沒有禮儀可言。從玲奈平常的態度，不難想像。

這種情況在正規道場不可能發生，但對須磨來說屬於常識範圍。會傾向與ＰＩ這種偵探學校結盟，意味著不可能是什麼正經團體。正因招不到學生，又無法與公家機關合作，才不得不採取此一下策。實際上，朴有前科紀錄。一路投身於偵探業的須磨累積的人脈，絕非值得肯定的光榮事蹟。

須磨遲疑地走近，低頭俯視玲奈。無論是朝她伸出手，或幫助她站起，都讓他感到猶豫。玲奈恐怕不希望他這麼做。

不久，玲奈撐起身子，踩著虛浮的腳步遠離須磨。她不肯抬頭，須磨不曉得她是何種表情，也不曉得滴落的是汗是淚。她拖著無力的四肢，只留下急促的呼吸。

須磨默默目送玲奈，再次想著，真不知怎麼面對年輕女孩。她會喚起對偵探業最多餘、理應早早告別的情感。

5

日暮後，汐留SIO-SITE第五區的義大利街上，紅磚廣場滿是準備回家的西裝男女。在朦朧燈光的渲染下，周圍成排的小餐館熱鬧得宛如台伯河畔的夜晚狂歡節。

在朝廣場延伸出去的露臺座位區，須磨與玲奈一同落座。

從道場回去的路上，玲奈竟然答應邀約，須磨認爲是相當寶貴的機會。至少比起在PI學校的辦公室，咖啡廳較沒有壓迫感。

不過，須磨心知談話不可能多熱絡。桌上蠟燭照亮玲奈淒慘的臉龐，若警察發現免不了一番盤查。她的額頭、臉頰和唇邊浮現大片瘀青，一邊眼皮腫脹，太陽穴貼著OK繃。他這個與未成年少女同行的中年男人，遭到懷疑也無話可說。

那個黑帶男子十分狡猾，避開任何會影響骨頭與內臟的攻擊，守住不至於讓玲奈送醫的底線。

「冰敷比較好吧？」須磨靜靜問道。

玲奈僅垂下一雙大眼，凝望蠟燭搖曳的火光。她沒搖頭，但表達的意思等同於搖頭。須磨如此解讀。

「紗崎，」須磨把玩著玻璃水杯，「我得向妳道歉，那不是正派人士經營的道場。我該提醒妳那群人十分血氣方剛。但是，如果乖乖接受指導，照理不會發生問題。妳沒必要刻意激怒他們吧？」

「是他們先……」玲奈抬起臉，直視著須磨控訴道。

她的話聲漸弱，目光回到蠟燭上，光點在虹膜深處搖曳。

須磨想著，問題根本不在哪一方起頭。與人接觸時毫不掩飾帶刺的態度，就會被認定是挑釁。玲奈帶著對自身不利的個性，在骯髒的成人世界徘徊。糟糕的是，她毫無自覺。

須磨推開玻璃杯。「學費我會全額歸還。不要再接受培訓了，妳應該回家。」

玲奈的反應來得緩慢。她的視線再度轉向須磨，表情有些僵硬。

爲什麼？她的目光這麼問。須磨認爲自己有義務回答。

「妳……」須磨委婉開口，「之前說過想瞭解偵探的一切，但不想當偵探吧？我終於明白這句話的意思。」

玲奈緩緩眨眼，視線略微低垂。

寂靜籠罩而下，廣場的喧囂聲感覺格外遙遠，須磨出神地想著。打一開始，他就不期待玲奈會輕易同意。

「紗崎，令尊想和其他女人再婚，妳知道嗎？」

玲奈果然沒有太大的反應。很明顯，這對她來說不是意外消息。

「週末他們都會一起外出，大概是去溫泉旅館或度假飯店吧。」玲奈平靜低語。

「妳的直覺眞準。」須磨注視玲奈。「妳的父母還沒正式離婚。在世人眼中，妳父親的行爲等同外遇。」

「只不過是還沒跟媽媽討論罷了。」

「倒也難怪，畢竟她因精神疾病住院，不適合討論。」

玲奈流露嚴厲的神色，回望須磨。「你連這種事都調查到了嗎？」

「沒錯。我的工作就是靠刨根究底挖出他人家中私事，賺取酬勞，活該遭嫌惡又不知羞恥。偵探業是與偏差值七十的妳永遠扯不上關係的世界，此外無他。妳早該明白吧？」

抗議般的目光漸漸染上玲奈特有的哀傷色彩。她輕聲開口，宛如自言自語：

「我還不能回去。」

「作爲默認父親外遇的補償，妳得到進入ＰＩ學校所需的家長認可與費用，想必他沒追問理由吧？令尊大概連ＰＩ的意思都不清楚。我們的招牌沒寫明『偵探』兩字，他根本沒發現這是什麼培訓班。說好聽點是自由放任，但你們其實是過著避免與對方產生關聯的生活。」須磨嘆氣，靜靜應道。

「父親……只是想從那起事件轉移注意力，所以也要我隨自己的意思去做。」

「不用確認妳母親的想法嗎？」

「我母親已無法回歸家庭。」玲奈無力地回答。

須磨默默望著眼眸微垂的玲奈。

醉鬼的破鑼嗓子逐漸接近，復又遠離。愉快的笑聲襯得拖著一隻腳走路的鞋聲十分空虛。

須磨能理解玲奈的心情，她的主張沒有任何虛假。不曾料到的突發狀況造成家庭崩壞，這樣的例子須磨看過太多。

拼湊收集到的情報，再用推理補完一部分，就是須磨能夠得知的全部，必須確認玲奈的想法是否與他的臆測相同。

「我想知道妳入學的動機。我掌握到的僅僅是一連串事件，希望妳能告訴我當時的感受。儘管會十分痛苦，還是希望妳回顧這兩年之間發生的事。」須磨低語。

玲奈微微抬起臉，沉痛的目光轉向須磨。

偵探不適合保有委婉與體貼這類情感，須磨繼續道：

「可以告訴我，妳妹妹咲良的遭遇嗎？」

6

這個夜晚響著季節錯亂的遠雷，斷斷續續吹起的強風不停搖動窗戶。玲奈爬到寢室的床上，掀起被子當頭罩下，試圖蓋住不斷湧現的心慌。

現在是剛升上高二的春天，不快點入睡，早上的社團練習會撐不下去。不該對停課懷抱希望。電視也報導，天候在太陽升起前就會恢復平靜。

但是，此刻在心頭來來去去的無助並非因此而起。她感到孤獨，滿心憂慮不安。再這樣下去，真的睡得著嗎？她沒什麼自信。

敲門聲響起。玲奈有種得救的感覺，連忙應聲：是誰？

緩緩打開的門邊，露出咲良的圓臉，嬌小纖細的她裹在略大的睡衣中。玲奈非常羨慕那顆鮑伯頭，這樣就不用紮頭髮。只見咲良抱著枕頭。

「姊姊，可以一起睡嗎？」咲良有些畏縮地小聲問。

大兩歲的玲奈打心底歡迎，卻無法坦率表達。她佯裝被吵醒，慵懶地回答：「嗯，可以。」

「太好了！」咲良露出微笑，跳到床上。

「不要這麼粗魯。」玲奈往牆邊移動，喃喃嘀咕。

「如果我快睡過頭，要叫醒我喔。」咲良鑽進被窩，瞇眼注視玲奈。

「我一大早就要出門晨練，時間配合不來吧？」

「不會的，我今天要去那邊的學校打聲招呼。」

「去豐橋？」

「對。」

要出發了嗎？玲奈胸口彷彿開了大洞，感到一陣失落。

「要是從家裡出發被看見，會不會又遭到跟蹤……」

「別擔心，爸爸會開車送我到中途，在東名高速公路的休息站與多胡伯伯會合，之後就搭多胡伯伯的車。」

「這樣啊。」玲奈的擔憂不斷湧現。「可是，那傢伙或許有車。」

「別嚇我，就是這樣才要一大早出門。爸爸認爲，在高速公路空曠的時間帶，可邊開車邊確認有沒有遭到跟蹤。如果有可疑車輛尾隨，立刻取消去休息站，繞一圈便折返。只不過，得打手機向多胡伯伯道歉。」

原來是按警方的指示行動，玲奈總算安心幾分。

與此同時，有個無論如何都想問的問題冒出頭。「回程呢？」

笑容倏地從咲良臉上消失。「暫時不能回來，要在伯伯家生活，就讀那邊的國中……大概得等到暑假。」

「這樣啊。」玲奈忍不住嘆氣。

「爸爸說，就算夏天可以回來，穿著制服也會有危險，因爲會暴露就讀哪所學校。沒必要擔心到這種程度吧？」

目前的狀況依舊不樂觀，玲奈無法贊同妹妹的意見，搖搖頭。

「爸爸是對的。警察不是提醒過，直到上高中都不能鬆懈？」

「是嗎？既然姊姊這麼說，我會照做。可是……」咲良囁嚅。

「嗯？」

咲良臉上浮現落寞的陰霾。「我在想，還得繼續這樣的生活多久。」

風停了，深邃的寂靜蔓延開來。房間裡唯有咲良挪動身子時，衣服摩擦棉被發出的微弱窸窣聲。遠處的悶雷低響，伴隨著輕微的地鳴。玲奈原想遺忘的不安再次死灰復燃。

去年秋末，跟蹤狂纏上咲良。在她獨自回家的路上，出現一個陌生男人。對方身材高大，穿得一身黑，一頭捲髮十分惹人注目，且戴著口罩遮住嘴。

剛開始，咲良以爲對方碰巧同路。然而，男人一直配合她的步調，維持不近不遠的距離。他不時將數位相機的鏡頭對準咲良，發出按快門的聲響。當咲良心生畏懼停下腳步，男人跟著停住；當她拔腿狂奔，男人便跟著跑起來。

咲良逃進家中，得以平安無事。雖然暫時放下緊張感，但對方已得知咲良的住處。這是顯而易見的事實。

之後，那個男人頻繁出現。咲良上學途中感到有動靜，回頭一看，男人果然待在周遭。這樣的狀況頻頻發生。由於對方戴著口罩，看不出表情。即使咲良與朋友會合，男人的身影仍未消失。一到學校附近，男人就會在不知不覺間失去蹤影，或許是顧慮到早上老師守在校門前。

從神情膽怯的咲良口中聽到這些遭遇，玲奈選了一個沒有社團活動的早晨，陪妹妹一起上學。她馬上發現可疑男人埋伏在家門前的小巷。

玲奈滿心憤怒，快步走近那個男人。豈料，對方沒有任何退縮的跡象，無恥地佇立原地。

近看之下，那個男人比咲良的描述更年輕。雖然髮量稀薄，但年紀不比玲奈的父親大，實際年齡或許是三十出頭。

那個男人算得上是壯漢，但體態並不肥胖，看得出經過一定的鍛鍊。咲良形容爲一身黑的服裝，其實是深藍毛衣與牛仔褲，上頭起了無數毛球。

那對浮腫的雙眼，目不轉睛地俯視著玲奈，毫無生氣。微黑的皮膚粗糙，透過口罩上方縫隙，看得出他扁塌的鼻子蠕動著不停呼吸。

玲奈感到一陣不快。理由並非對方的外表，而是氣味。他的體味很重，散發出帶著獨特酸味的惡臭。難道他都沒洗澡嗎？

玲奈想向那個男人抗議，要求他別再纏著妹妹，還來不及開口，衝擊與劇痛就猛然竄過臉頰。玲奈一個踉蹌，頓時理解自己挨了一巴掌。

「姊姊！」咲良連忙跑過來，那個男人立刻轉身逃跑。

玲奈摩挲著陣陣刺痛的臉頰，淚水差點奪眶而出。在搖晃的視野中，她看著那個男人的背影迅速遠去。

那天晚上，玲奈向父母報告一切。父親神態激動，氣沖沖地表示要報案。但是，母親神經質地談起有些偏離重點的擔憂，怕遭跟蹤狂報復。父親益發憤怒，吐出種種惡毒言詞，指責母親沒資格養育孩子。

如同那瘦弱的體型，母親梓性格纖細。每當父親大吼，母親便渾身哆嗦，反應畏怯。她開始看精神科，剛好也是在這段時期。然而，父親並未理解母親的病況，還說只要她出門工作就會痊癒。即使精神科醫師告誡，斥責憂鬱病患者會造成反效果，父親的態度仍沒改善。

玲奈一直覺得父親週末出差太頻繁，隱約察覺他與其他女人往來。父母之間的愛情早消失殆盡。雖然悲哀，她只能接受事實。

原以爲跟蹤男不會再出現，玲奈卻猜錯了。儘管出現的頻率略減，對方依舊緊跟著咲良上下學，甚至在半夜現身。他入侵庭院，試圖爬上二樓陽台。幸虧鄰居留意到聲響出聲喝問，他才落荒而逃。

信箱幾乎每天都有咲良的信，寫滿毫無邏輯的猥褻字眼。父親將整疊信交給警方，總算有便衣警察陪伴咲良上下學。奇妙的是，家裡接獲聯絡得知會有警官前來的隔日起，那個男人就不再露面。

警方建議咲良寒假期間住到其他地方。於是，咲良到母親老家寄住，與外祖父和外祖母一起生活，卻埋下母親精神狀態惡化的遠因。遭外祖父和外祖母嚴詞責備沒保護好孩子，母親不顧旁人目光大聲哭叫。此後，母親將情緒發洩在咲良身上，有時朝她扔東西，有時破口大罵。當玲奈袒護咲良，母親就哀傷大哭，質問「難道連妳都看不起媽媽」。

父親半強迫地決定送母親進入精神科病房。沒多久，母親的身影從家中消失。不管怎麼看，玲奈都覺得父親是故意逼使母親病況惡化。她暗想著，母親被父親趕走了。到隔年初，玲奈幾乎不再與父親交談。

然而，籠罩全家的烏雲益發深濃。那個男人甚至開始在母親老家附近出沒。咲良獨自出門買東西，就遭男人尾隨。她不只被緊緊抱住，還被刀子抵住胸口。男人企圖帶走她，但她大聲呼救，附近居民馬上衝出來。男人再度逃跑，不知去向。

正因深信母親老家是安全地帶，玲奈格外受到打擊，咲良滿臉蒼白地回到位於濱松的家。

警方指出情報是由家庭內部走漏。經過調查後，在外牆找到竊聽器。這種竊聽器可隔牆接收到五公尺內的聲音，以特高頻電磁波（UHF）傳遞出去，收訊距離在一百到兩百公尺內。那個男人入侵庭院的目的之一，就是安裝竊聽器。難怪便衣刑警護送咲良的日子，或咲良改住到母親老家的事，對方都一清二楚。不管是誰都能在網路上買到這種竊聽器。

玲奈不禁一陣戰慄，那個男人並非普通的精神異常者。

之後，警方根據從竊聽器上取得的指紋鎖定嫌犯，因爲那個男人有前科，玲奈也應要求確認男人的大頭照。那對浮腫的雙眼如實呈現在照片上，或許是一口亂牙與滿臉鬍碴，沒戴口罩感覺更醜陋。

岡尾芯也，三十二歲的無業遊民。前年曾以強制猥褻與綁架未遂的現行犯遭到逮捕，被判有罪並宣告緩刑。純眞少女似乎是他一貫的目標，他會持凶器威脅，試圖將人帶走。雖然至今無法立案，但好幾件小學與國中女生的失蹤案被認定是岡尾所爲。這是警方告知的訊息。

岡尾的父母住在位於靜岡市內的老家，不負責任地承認長期未盡到養育的本分，也不清楚他身在何處，又在做些什麼。有時候他會回家討錢，但這陣子他們都沒見到兒子。

對岡尾發布通緝的同時，爲了確保咲良的人身安全，警方建議最好採取更徹底的方法。父親表示，這次會將咲良交給住處絕不會曝光的遠房親戚照顧，就是位在愛知豐橋市的多胡家。

玲奈僅在小時候見過多胡夫婦一次，印象中是四十歲左右的溫厚夫婦。這個春天，咲良即將升上國三，趁這個機會轉學到豐橋的國中，相信岡尾總有一天會落網，暫時在當地生活。這段期間，父親與玲奈都不能造訪多胡家，甚至得避免提及住所。他們也沒告訴住院的母親咲良在哪裡。

側耳傾聽遠方的雷聲，玲奈翻身仰躺，望著天花板低語：「眞好笑，東躲西藏的不是犯人，而是我們。」

咲良湊過來。伴隨著呼吸聲，她宛如在耳語：「姊姊，咲良不想去豐橋。那邊沒有朋友，我也比較喜歡現在的制服。」

玲奈露出笑容。「妳一定會交到新朋友，其他事情也會漸漸習慣。或許妳會覺得那邊比較好，吵著不想回來。而且，這樣就不用見到爸爸。」

咲良一臉嚴肅，沉默半晌，輕聲開口：「我不希望變成這樣。雖然爸爸是那種人，見不到他還是會寂寞。跟姊姊分開更寂寞。」

咲良緊緊摟住玲奈，埋在她胸前嗚咽著說：「我不想過去。」

刺痛的哀傷湧上心頭，玲奈再也無法克制。她拚命按捺哭泣的衝動，擠出顫抖的聲音：「我想和咲良待在一起。我想跟小時候一樣，跟媽媽還有爸爸相親相愛生活在一起。可是，現在必須忍耐。忍過這段時間就好。」

不久，咲良微微抬起頭。她哭到雙眼紅腫。玲奈什麼都說不出口，只能望著妹妹。

仰躺的咲良深深嘆一口氣，試著平復心情。半晌，她凝視著虛空，但很快注意到一樣東西，小聲念著：「波列特熊，三吋娃娃鑰匙圈。商品編號A-5149，八百九十圓。」

那是以圖釘固定在牆上的便條紙，寫著玲奈在網路上查到的資訊。

咲良露出笑容坐起。「姊姊喜歡波列特熊嗎？那好可愛。」

波列特熊是白色小熊玩偶模樣的卡通人物，非常流行，傻得可愛的稚嫩模樣是最大特徵。所有尺寸的鑰匙圈供不應求，附有鑰匙圈的掌心大小娃娃各處都已缺貨。

咲良語氣十分雀躍。「把目標放在三吋大小的鑰匙圈太不實際，現在絕對買不到。聽說在原宿那邊的店首賣只擺一櫃，當天就賣光。」

「什麼？」玲奈連忙露出笑容，「眞的嗎？」

「姊姊竟然會迷上波列特態，好意外。我從很久以前就好喜歡。我能買到的只有貼紙，都貼在筆記本上。」

玲奈早知道這一點，就是看到貼紙，才發現咲良喜愛波列特態。之所以尋找三吋娃娃鑰匙圈，也是想送咲良生日禮物。原本打算偷偷給她驚喜，沒想到她會先看到便條。

其實，玲奈不太能理解波列特態的可愛。不過，既然這麼流行，妹妹的感受才是正確的吧。

咲良似乎相信這是姊妹倆共通的興趣，愉快地躺下。「姊姊，等一切平安結束，我們一起去原宿好不好？」

「嗯，好啊。我們去東京逛逛，也去裡原宿買東西吧。」

「跟姊姊在一起果然很安心。眞想再多聊聊，不過姊姊得去晨練吧……我要睡了，晚安。」

「謝謝妳這麼爲我著想。咲良，晚安。」

帶著微笑閉上眼的咲良臉頰微濕，玲奈以指尖輕輕拭去那滴水珠。

眞希望自己不用入睡，可以一直望著妹妹的睡臉。她發自內心這麼想。眞不想跟妹妹分開生活。

與父親兩人共度的高二生活，不知不覺間迎來梅雨季。連寄一件宅配到多胡家都不被允許，然而，當這樣的日子逐漸過去，儘管擔心咲良，她慢慢習慣毫無聯絡的狀態，似乎證明留在豐橋就安全無虞。

第一學期期中考，考完現代國文與數學Ⅱ的那一天，在大雨不停的下午，玲奈撐著傘回到家。

打開門的前一刻，她察覺到不尋常的跡象。父親的車，那輛三菱四輪傳動車停在車庫。照理，平日這個時間父親應該還沒下班。這麼說來，離家幾戶之遙處停著巡邏車。

她按捺內心的忐忑踏入玄關，看到兩個穿制服的警官與父親談得專注。父親臉色大變，注意到玲奈也一句話都沒說。他的視線在半空游移，很快又回到警官身上。一名警官出聲催促：

「如果方便，建議馬上出發。」

「好。」父親穿上鞋子。「玲奈，妳今天不要外出。」

不確定發生什麼事，但明顯狀況非比尋常，玲奈連忙對父親說：「我也一起去。」

父親微微抬起頭。平常會反對的父親唯獨在今天以沉默回應，沒拒絕玲奈的懇求，反倒助長她的不安。

玲奈穿著制服坐進四輪傳動車的副駕駛座。大概是暴雨的影響，東名高速公路十分壅塞。時間在焦躁中流逝，眼看天空逐漸暗下，不停擺動的雨刷另一頭，無數紅色車尾燈綿延無盡。

父親的食指不停敲著方向盤。即使是脾氣急躁的父親，都鮮少表現出如此露骨的煩躁。

耐不住沉默，玲奈打破寂靜輕聲問：

「不是說多胡伯伯家絕對不可能曝光……」

「世上沒有所謂的『絕對』。只要順著爸爸的戶籍申請到爺爺的戶籍、爺爺的爸爸的戶籍，及直系親屬爲戶主的謄本，一路向上追溯，連遠房親戚都能查得清清楚楚。」

父親不耐地駁斥。

沒料到會受遷怒，玲奈無法壓抑心中的不安。「怎麼會？當初表示不會有問題的就是爸爸啊。戶籍是誰都能查閱的嗎？」

「不，本來只有家人和親戚可查閱，其他人想申請需要委託書。但是，警方說有很多小伎倆。以戶籍謄本爲線索一路追溯，連六、七代以前的祖先都查得出來，可確認將近五十個親戚。居然多達五十人，妳相信嗎？」父親嘆氣。

看著到這種時候還神色震驚的父親，玲奈一陣輕蔑。只不過是父親沒常識罷了。但這件事讓玲奈心生疑竇。那個跟蹤狂有能力進行如此繁瑣的調查嗎？就算能在購物網站買到竊聽器，跟要小手段向戶政事務所申請資料的等級未免差太多。

然而，就讀高二的玲奈無從估量這件事的難易，只能祈禱是大人白擔心一場。

抵達多胡家時天色已全暗。除去下雨的因素，老舊平房的氣氛仍十分忙亂，大批便服與制服員警進進出出。停在緣廊前的巡邏車紅燈明明滅滅，四周染上不安的氣息。

這凸顯出狀況多麼嚴重。一頭白髮的瘦小男子匆匆來到呆站不動的玲奈身邊。

雖然衰老不少，多胡的容貌與玲奈幼時的記憶相差無幾。他愧疚地解釋：「玲奈，對不起。沒想到會變成這樣。平常我會開小貨車接送咲良上下學……但今早我得去醫院，她就說要自己去學校。」

玲奈的頸部彷彿有隻冰冷的手輕輕撫過，一股寒意在全身蔓延。

緣廊旁的和室擠滿大批員警，似乎是在安裝機器，為歹徒來電做準備。父親要玲奈到裡面房間待著。玲奈無意窩在房間，於是蹲在騷動不止的和室角落，望著忙進忙出的大人。

神啊，請讓咲良安全歸來。玲奈領悟到自己只能祈禱。就算咲良突然悠哉現身，可能會因勞師動眾挨罵，我也一定會挺身袒護她。咲良，拜託妳平安回到這裡。玲奈在內心反覆吶喊。

隨著黎明到來，不安氣息悄悄潛入寂靜中。

雨停了。緣廊另一頭，庭院漸亮。玲奈聽到便衣刑警說，一一〇接獲通報，豐榮町的資源回收中心，也就是廢棄物處理廠的大門門鎖遭到破壞，一輛輕型普通客車棄置在該處。

另一名男子問，有人入侵嗎？尚未確認，便衣刑警回答。

玲奈爬過榻榻米，悄悄探頭望向庭院。只見父親加入談話，神情僵硬。走吧，有人出聲呼喚，於是大人全都邁開腳步。

玲奈馬上起身表示：「我也要去。」

父親回頭，神色中帶著遲疑。其他員警默默走向巡邏車。

一名女警走過來，輕輕抱住玲奈肩頭。「我們在家裡等吧。」

「不，」玲奈一陣心慌，抵抗起來，「我要一起去。」

但女警加重力道，幾乎是緊抱著玲奈，好幾個人上前幫忙。他們愈是鐵了心阻止，玲奈的不安愈強烈。壓抑許久的感情爆發，一回過神，她發現自己哭著大吼：「讓我過去！我要一起去，我要跟爸爸一起去咲良身邊。咲良！」

消息是如何傳回來的，又是誰告訴她的，玲奈記得不是很清楚。記憶一片混沌，完全曖昧不明。一旦回憶就有無盡痛楚隨之而來，或許是爲了緩解內心的傷痛，等同於幻影的妄想取代回憶。她不時有種錯覺，彷彿昨天才與理應不在人世的咲良說過話。

得到種種情報的順序模糊不清，玲奈宛如茫然眺望著濃霧深處。

玲奈隱約記得父親與便衣刑警帶著暗淡神色回來的情景。當時玲奈直覺，一切再也無法挽回。

在廢棄物處理廠的焚化爐中，發現咲良的屍身。綁架犯岡尾芯同樣燒死在同一爐內。

連得知這個事實的當下，玲奈也想不太起來。通知玲奈的不是父親，而是警察。後來她瀏覽過文件，封面印著長長的頭銜，及「矢吹洋子醫生」。腦海殘留這種不太重要的細節，關鍵的內容卻沒半點印象，究竟是無法理解一連串艱深詞彙，還是她遲疑著不敢閱讀？總之，內容似乎只是根據DNA鑑定，斷定那是兩人的遺體。

根本連鑑定都不需要。咲良的臉未遭火吻，幾近完好無缺。燒毀的主要是下半身，法醫判定骨頭已燒成灰，或化爲細粉。

報告指出，咲良身上沒有衣物，並不是衣服燒毀，而是早被脫到全裸。至於是否曾遭性侵，沒有下半身難以判斷。

岡尾趁職員不注意入侵設施，在短短幾分鐘內完成所有作業。這座焚化爐的四樓室外通道上，有個直徑約五十公分的換氣口。開口部分沒有網子或鐵柵格擋住，與焚化爐直接相通。岡尾從該處將還活著的咲良丟進爐中，接著跳進去。無法判斷當時咲良有無意識。

室外通道沒安裝監視器，直到爐內感應器顯示異常，職員才注意到出狀況，立刻停止焚化，但溫度下降需要時間，兩人已沒有獲救的指望。與落在焚化爐中心的岡尾不同，卡在擂缽狀邊緣的咲良上半身勉強沒被燒掉。約莫是比起高達八百度的爐心，壁面構造設計成不會直接接觸到爐火，溫度相對較低。

遭通緝的岡尾走投無路，心生絕望，引發最糟糕的狀況。雖有人質疑警方的處理對策，但除此之外，還有好幾個國小和國中女生行蹤不明，懷疑與岡尾有關，沒道理要求警方為咲良的犧牲負責。

不過，對玲奈來說，大人之間的爭論一點都不重要。當初別說是見遺體一面，甚至不允許她看遺體的照片，也進不了警署內的停屍間。她向父親強烈抗議，最後決定在喪禮會場舉行獻花送別的儀式。

往生者的尊嚴得到最大的體貼。原本遺體若有損傷部位，處理方式都是纏上繃帶再以布覆蓋，咲良卻只有一張臉露在外頭，此外全身包裹在光澤亮麗的絹布中，燒毀的下半身也用填充物整出形狀，彷彿躺下睡著一般。

咲良閉上雙眼的表情沒有感傷的色彩，僅僅是安詳委身於長眠中。

將菊花放進棺木，玲奈任憑淚水不停流下。她默默望著咲良的睡臉。

一切宛如幻覺，不含任何現實感。在這樣的情景中，玲奈看到穿喪服的母親倚靠著棺材。父親伸手搭住母親的肩膀。

此刻，玲奈才曉得住院中的母親被告知這項事實。或許是必要的，但未免太殘酷。連父親充滿哀傷的表情，感覺也只是一時難以接受。

從咲良失蹤到發現遺體，間隔不到一天，警方沒透過媒體公開案情。一切結束後才出現相關報導，而顧慮到姊姊玲奈未成年，也隱去受害者的眞實姓名，只提到過世的是豐橋東中三年級的十五歲女學生。

玲奈與父親被請到警署。在岡尾的輕型小客車找到的物品中若有咲良的遺物，警方希望他們能夠取回。

留下來的有書包和學生手冊，還有幾乎是整套脫下的制服，但不在此處。由於衣服到處被刀子割裂，甚至沾染血跡，警方視爲證據。玲奈滿心暗淡。她與父親同意交給警方保管。即使拿回家，他們也不曉得該怎麼處理。

忽然間，玲奈的目光停留在混雜於遺物中的一疊檔案上。封面印著一行字：調查報告。

「這是什麼？」玲奈問。

「哦，」警署人員嚴肅地低聲解釋：「這是嫌犯的其中一項遺物，只要兩位確認不屬於咲良小姐就行。」

「我能看看嗎？」

遲疑地說聲「請便」，警署人員就退開。

翻開檔案封面，裡頭整齊排列著打字機印出的內容。

調查對象／紗崎咲良，十五歲，豐橋東中等學校三年級。

委託調查事項／確認並追蹤調查對象的行動。

六月二日／天氣陰　調查時間／上午七點到下午九點

上午七點十一分　經調查户籍得知爲紗崎克典遠親的多胡家中，確認調查對象的存在。

上午七點四十二分　搭乘多胡庄司駕駛的小貨車（速霸陸Sambar，白色，車牌號碼參照附件）上學。調查對象坐在副駕駛座，服裝爲制服，攜帶物品爲書包。

上午七點五十三分　在便利商店停車。調查對象獨自下車，於店內購入四色原子筆與護唇膏，再度回到副駕駛座。

上午八點七分　抵達學校。穿過校門後碰到同學，談笑著走向校舍。

上午八點十一分　透過望遠鏡確認調查對象於三年C班教室內的位置。

上午八點三十分　開始上現代國文課。

每一頁都整理出咲良一整天的行動，十幾張類似的資料釘在一起。從咲良上學開始，到校園生活、放學及回家後的生活，全都詳細調查記錄。

父親俯身細看檔案，高高揚起眉毛，詢問警署人員：「這是誰製作的？」

「從內容看來，應該是哪個偵探吧。」警署人員皺著眉回答。

「偵探？」

「爲了找出咲良小姐的所在地，犯人委託專門業者。偵探接到委託就會製作這樣的調查報告，以獲取報酬。」

玲奈馬上翻閱文件，尋找調查者的姓名，卻沒看見任何署名。

「調查這種東西的是哪個傢伙？」玲奈帶著怒意詢問。

警署人員從玲奈手中搶過檔案夾。「非法業者不會將公司名稱或負責人印在報告上。」

父親注視警署人員。「這種事查不出來嗎？」

「正在調查。」警署人員語氣冷淡。「沒驗出岡尾以外的指紋。即使查明偵探的身分，對方大概只會裝傻，推託沒想到會變成這種情況。犯案的確實是岡尾一人。儘管違反偵探業法，但很難將對方當成共犯起訴。」

無論警方有何見解，玲奈都無法原諒那個偵探。

玲奈的憎恨與日俱增。案發一週後，位於濱松的老家恢復平靜，她繼續與父親過著僅剩兩人的生活。縱使如此，那份調查報告仍烙印在她腦海沒消失。

居然爲了一點報酬跟蹤咲良。見面的時候，那個偵探應該明白委託人不是正派人物。而且對方理應透過報導得知這起命案，卻完全沒出面不是嗎？在玲奈眼中，那個偵探毫無疑問是共犯。

她帶著得不到寬慰的心情重返高中。一日，玲奈獨自回到家裡，穿過玄關準備走向樓梯。

就在此時，她發現鞋櫃上放著一個小盒子，約可容納一顆燈泡，包裝得十分仔細。那是個小包裹，收信人寫著「紗崎玲奈小姐」。

玲奈的心掀起一絲波瀾。沒寫寄信人，但她認得出咲良的筆跡。郵戳日期在案發前一天，郵差送來的時候她大概不在家。可能是父親在喪禮後簽收，卻忘記通知她。

她馬上拿回房間拆卸包裝，打開紙盒。

掌心大小的白色小熊玩偶滾出盒子，那是附鑰匙圈、三吋的嶄新波列特熊，標籤還沒拆掉。

玩偶旁附上一張淡粉紅色信紙。打開一看，熟悉的咲良字跡出現在眼前。

親愛的姊姊：

妳過得好嗎？抱歉突然寄信給妳。其實，大家都告訴我不能寄任何東西回來，但無論如何我都想送給姊姊，於是任性地請求多胡伯伯答應。當然，我不會寫上這邊的地址，儘管放心。

打開的時候，妳嚇了一跳吧？是三吋大小的波列特熊喔，朋友碰巧在APiTA濱北店找到的，只有一個。朋友知道我喜歡波列特熊，就送我了。我非常開心，想到姊姊也喜歡，便偷偷決定馬上寄給妳。

咲良雖然很愛波列特熊，更更更喜歡姊姊！

可以的話，我想直接交給姊姊。真希望看到姊姊開心的模樣，不過我能夠想像，所以沒關係。妳現在肯定由衷露出笑容吧？畢竟不會有比這更愉快的事。要是突然有人送咲良波列特熊，我八成會喜極而泣。

豐橋東中的同學都十分和善，老師也很溫柔，實在慶幸能轉學過來。姊姊說的果然沒錯。有時候我會莫名害怕，但一想起姊姊，自然就會產生勇氣。

我還沒決定加入哪個社團。期中考馬上就要到了，我得努力加強不擅長的英文，忙得要命。姊姊無論是課業或新體操都成績亮眼，咲良一定也辦得到。我會努力讀英文！

唉，暑假能不能快點來？等一切平安落幕，我想見姊姊，我想環遊東京，我想吃可麗餅、買衣服、去迪士尼樂園。

最喜歡姊姊了。出發的前一天，謝謝妳陪我一起睡，現下彷彿仍感受得到妳在我身邊。我們絕對會再見面！在那之前，姊姊把波列特熊當成咲良好好愛護吧。

咲良

玲奈的胸口盈滿哀傷，宛如遭輾碎般疼痛欲裂。自然浮現的苦澀化作淚水，瞬間湧上眼眶。玲奈聽到自己發出哭聲，眼淚停不下來。她任憑憂傷掌控一切，只顧著不停哭泣。

咲良，爲什麼會變成這樣？我該怎麼辦？我根本毫無頭緒。無論是過去或未來，全隱沒在如墨的黑暗中。唯有悔恨不斷凝聚，然而，我連應當悔恨些什麼都不明白。

愣愣注視著玲奈的波列特態，眼神極爲純粹且溫暖。玲奈想著，我沒資格承受這樣的視線。殘存在我內心的，只剩虛無與孤獨。

7

夜深了，汐留義大利街度過熱鬧的高峰。小餐館的氣氛閑散下來，繁華的中心轉移到酒吧。再過不久，酒吧也要關門休息。雖然景氣有好轉的傾向，大半上班族仍搭電車通勤，尚未得到在平日通宵暢飲的自由。

須磨康臣坐在露臺的座位，凝望玲奈滿是瘀青的臉。玲奈的目光落在燭火上，約莫是一點一滴吐露的過去告一段落，她帶著哀愁的神色陷入沉默。

玲奈的父母還沒離婚。即使兩人的心早背離彼此，法律上依然是夫妻，須磨確認過戶籍謄本沒有任何問題。然而，不難推測出玲奈的家庭狀況複雜，因爲有個未成年就遭除籍的家人。玲奈的妹妹咲良名字上頭有個×。

當時媒體大篇幅報導豐橋的案件，須磨印象深刻，也記得嫌犯岡尾的名字。但是，須磨沒想到被害者是玲奈的妹妹。一方面是玲奈住在濱松，案發地點在豐橋，完全是不同地區。

「從那份報告的行文來看，岡尾確實委託職業偵探。」須磨低聲道。

玲奈沒抬眼，接近細語般問：「知道是哪家的偵探嗎？」

完全推測不出來。須磨調查公司的調查報告上，包括封面在內的每一頁都印有公司商標與負責人姓名，也不可能協助跟蹤狂。當然，只要是偵探事務所就很難稱得上品行端正，倒不如說除了卑鄙無恥以外，這種生意沒有別的形容詞。即使如此，表面上仍不會違反偵探業法，否則營業執照會遭撤銷。

須磨坦白說出內心所想：「在世人的印象中，遵守基本常識的偵探社有九成，實際上是數量各半，因爲非法偵探事務所不打廣告，不會出現在大眾眼前。那份沒署名的調查報告就是其中一員做的吧。」

「那份報告的字型和排版，甚至封面的質感都烙印在我腦海。」

「就算妳逐一調查，找到的機率也趨近於零。」

玲奈冰冷的視線望向須磨，「這樣的黑心業者很多嗎？」

黑心業者嗎？以須磨的角度來看，所有偵探都十分黑心。雖有程度差異，但沒有一個偵探不曾觸犯民法第七〇九條規範的隱私權。

就算將範圍限定於不會在報告上標明名稱的偵探社，全國符合條件的多如牛毛。無論接受岡尾委託的偵探是誰，對方都是從戶籍謄本推測出遠親，豐橋並非對方原本的活動區域，只是根據調查結果前往當地。對方原本的勢力範圍在濱松嗎？不對，明知不合法仍進行調查，爲了避免留下把柄，不會接現居地的工作。

須磨以小湯匙攪拌冷掉的咖啡。「黑心業者非常多。不只把妻子的藏身處告訴家暴的丈夫，也有會藉得知的情報威脅調查對象的鼠輩。或者是進行假調查，比方造訪目標公司時，謊稱接受大型汽車回收公司的信用調查委託，暗示會寫下回收狀況良好的報告，以數十萬圓的代價強迫推銷自家偵探社的會員權，其實就是一種詐騙手法。最常見的是怠工，接了委託不調查，卻像調查過一樣捏造報告獲取酬勞。」

「無法取締嗎？」

「根據偵探業法，偵探社有義務按公安委員會的要求詳盡報告調查內容，且不得拒絕警方進入搜索，違者科處三十萬圓以下的罰金，也可能收到在六個月內停止營業的命令。」

「只有這樣嗎？」

「對，只有這樣。偵探業法第三條規定，過去五年內曾加入黑道組織，或遭判入獄服刑者，不能當偵探。反過來說，超過五年就沒問題。實際上，這條法律的目的，是防止隨著暴對法（註）強化而失去生存空間的黑道組織成員轉職成偵探，不讓黑道有新的權宜之計可用。但是，沒提交申請就開業當偵探的案例源源不絕。」

五年一過，他們便會申請許可，公然掛起偵探社的招牌。出於注重人權的觀點，也有促進前黑道組織團員更生、回歸社會的聲音出現，因此不見受到遏阻的傾向。

「我很清楚這種人的生存方式。不管是威脅、恐嚇或違反保密義務，幾乎什麼都幹得出來。」

「身爲同業，你居然能視而不見？」

「基本上，有個名爲『日本調查協會』的社團法人。上級監督機關爲警察廳，有六百多家偵探社加盟。雖然接受申訴，但做爲一個同業團體，當然會偏袒自家人，而黑心業者根本不會加盟。在徹底取締違反槍砲刀械條例者的日本，前黑道成員都鍛鍊得身強體壯，不少人兼任踢拳教練。沒有笨蛋會挑戰那些傢伙。」

「不是說有段位的人就算空手，仍會被視爲持有凶器嗎？」

「那是都市傳說。法律禁止的是暴力行爲，沒規定空手道黑帶罪責就會較重。無論是職業拳擊手或一般人，毆打他人的刑罰都一樣，正當防衛成立的條件亦相同。這可是個連隨身攜帶小刀都不允許的國家，僅能以手腳爲武器，因此黑道都傾向學習武術。黑心偵探業者全是這種有武術底子的人。」

「那麼，」玲奈望向遠方，「明天也得去道場才行。」

「妳的目的是什麼？不可能找得到當時接受岡尾委託的偵探，我剛剛不是解釋過？」

「我想知道偵探這個職業的本質，背後究竟有沒有善意做爲後盾。如果不懷善意的人這麼多，我無法放任不管。」玲奈平靜的話語中，透露強烈的決心。

在須磨看來，這完全是未成年人的幼稚念頭。「我從剛才說到現在，妳都聽了些什麼？」

「違反偵探業法的業者應該受到舉報。」

註：一九九二年針對黑道組織制定的《暴力團對策法》，暴力團即日本對黑道組織的稱呼，此法也將必須嚴加控管的黑道組織命名為「指定暴力團」。

「每當找到黑心業者，妳就要收集證據告到公安委員會嗎？」

玲奈似乎在努力保持冷靜，但臉龐逐漸泛紅。「這樣能防止被害範圍擴大。」

「妳忘記剛剛在道場被當成沙包痛毆一頓嗎？」

「那些人不是偵探吧。」

「我指的是力量差距的問題。非法偵探中最糟糕的類型，會與黑道組織入住同一棟大樓的不同層。警方只會挑有黑道事務所的樓層搜索，提前將危險物品移到偵探社，就不會被發現。我的意思是，有些偵探與黑道關係匪淺，妳會面臨比剛剛更嚴酷的遭遇。」

「我認爲只要瞭解偵探業的一切，甚至掌握弱點，就沒有所謂的不可能。」

須磨覺得這是十幾歲年輕人特有的突發奇想。「ＰＩ學校是偵探培訓班。既然妳無意當偵探，而是爲了取締、揭發業界黑暗面，想探究祕辛，那我不願意教妳。妳馬上回宿舍收拾行李吧。」

「我不打算離開。」

「不要這麼頑固。」

映在玲奈眼瞳中的燭光似乎愈來愈亮。須磨明白這是因爲她噙著淚水。不久，膨脹的水滴超過表面張力的負荷，化爲淚珠滑過臉頰。

「我哪裡也不去！」玲奈忽然怒吼。「我沒有別的容身之處。不這麼做，咲良的人生就沒有意義了！」

玲奈的吶喊打破寂靜，周遭眾人紛紛回頭，刺人的視線聚集在她身上。

然而，這陣尷尬並未持續太久。

這裡是仰賴酒、依存酒、被灌酒的地方，醉鬼的嚷嚷如間歇泉般的頻率響起。置身非常識變成常識、沒有地位之別的隨興時間帶，年輕女子發出尖叫並不罕見。沉默彷若風壓掃過四周，店內隨即恢復低調的喧囂。

在冷酷都市的一隅，玲奈低聲痛哭。須磨默默注視著她。

對於承受家庭破裂帶來的痛苦的人，我能否表現出眞正的理解？須磨自問自答。不知道，他揮別這樣的感情許久。他早與妻子離婚，也沒和女兒見面。

不果斷轉身背對正直與潔癖，無法從事偵探業。這或許是入行的代價。懷念妻女的心情，在面對委託人時等同一種障礙。

玲奈揩拭著不斷流下的淚水。

舉刃挑戰偵探的倫理觀。玲奈似乎想藉此找出生存價值，認定沒有其他繼續過日子的意義。這樣的人生真的好嗎？

妳乾脆去考警察吧。倘若須磨是外行人，或許能如此建議。然而，須磨十分清楚警界的人事內幕，很難想像她會恰巧分派到相關的職務。

「如果妳是個醜八怪多好，同樣父母所生的妹妹當然也會是醜八怪。那麼，跟蹤狂就不會盯上她。」

玲奈一句話也沒回答。

事到如今還對他人心生關懷，不像須磨的風格。唯有一件事是清楚的：將玲奈逼上這條絕路的，正是偵探這個職業。就是須磨二十三年來所從事，往後人生恐怕仍將貢獻於此的低薪工作。

玲奈說，她想瞭解本質，偵探的本質。在須磨心中，並沒有明確的答案。

「既然妳無意放棄，能答應我一件事嗎？」須磨低語。

不斷拭淚的玲奈回望須磨，顫聲問：「什麼事？」

「從ＰＩ學校畢業後，希望妳按照我的指示選擇就職地點。前提是，到時候妳依然有意跟偵探業牽扯下去。如果妳想朝截然不同的未來發展，我不會干涉。其實我更希望妳這麼做。」

玲奈的臉龐依然泛著紅潮，但淚水似乎慢慢減少。漸漸恢復平靜的同時，玲奈吐出細語：「你明明說過不會幫忙安排工作。」

「只有妳例外。既然要教妳學會偵探技能，就不能丟著妳不管。」

微風吹動玲奈的長髮。玲奈並未對須磨的發言深入追問，僅在沉默中垂下視線。她滿臉的瘀青成爲一種點綴，反倒凸顯出端正的五官。可以說，受傷使她顯得充滿魅力。

須磨別開視線，對玲奈產生感情不是好現象。他不過是擔心這個未成年的受訓生罷了，照理說就只是這樣。

清淺的幽暗孕育出一陣風，如飛舞的面紗般飄盪著籠罩都市上空。須磨無數次憶起漆黑虛無驟然覆蓋眼前的那一瞬間。至今，他一直以無傷大雅爲由，接受這行業的一切，只要能從掙扎度日中得到解脫，便心滿意足。這樣的他是如此難看而不體面，形同喪失自我。逃避與抵抗現實的他只存在於過去。

此刻，一絲惦念油然而生，就是這個純粹的少女。父母都放棄玲奈了，至少該有一個願意關心她的大人。

8

對剛畢業的峰森琴葉來說，能夠如己所願的事沒有幾件。頂多只有一頭服貼的中長髮，及食慾旺盛卻能保持纖細的體型，就這兩項。除此之外，無論升學或就業都不甚順遂。

琴葉離開故鄉廣島的父母身邊，與年長三歲的姊姊住在東京都內。然而，姊姊即將結婚，她一個人付不出租金，只能搬出原本的房子。由於不想回老家當米蟲，她暗暗祈禱能在都內找到工作。

抱著受到中途錄用（註）的一線希望，琴葉投履歷到各家公司，還沒有回音。此外，她也前往就業服務處，但希望不大。

再怎麼窮困，唯有特種行業不在琴葉的考慮範圍內。這是她和姊姊的約定。以外表爲徵才條件的企業無異於特種行業，一樣不能扯上關係。這似乎是姊姊一貫的主張。

租約到期的日子近在眼前，琴葉愈來愈焦躁。四月下旬的一個早晨，琴葉在信箱裡找到兩封信，寄件者都是她不記得投過履歷的企業。一家是井岡信用調查股份有限公司，一家是須磨調查股份有限公司，內容都是徵人訊息。

琴葉造訪就業服務處，把信拿給職員看。

「哦，兩家都是調查公司，眞傷腦筋。」職員沉著臉回答。

「傷腦筋？」

「徵人本身沒問題，不過，調查公司會從各種業者手中取得名冊，抽出待業者的情報，用來招募自家公司的員工，所以會貿然寄文件給根本沒投履歷的人。」

「這樣啊，」琴葉有些失望，「原來不是認爲我的特質符合。」

「說得失禮些，他們篩選出的就是在這個春天畢業，卻未能就職的人。畢竟偵探業就是這樣，只要年輕有體力，不管應徵者是什麼人都很歡迎。」

「偵探業？」

「兩家都自稱調查公司，實際上就是偵探事務所。一般徵求的都是男性，不過有時候也會徵求女性，以因應特殊狀況。比方，尾隨至只有女性能進入的地點，或較適合傾聽女性委託人敘述。而且既然對方主動寄資料過來，錄取的機率頗高。」

註：日本企業徵才大致分成「新卒採用」（徵用新鮮人）與「中途採用」（中途錄用），前者通常在四月畢業季，對象為應屆畢業生，此外都算後者。

琴葉內心一陣激動，連忙問：「意思是，只要我應徵，便能直接就職嗎？」

「很難講，不過想挑戰是妳的自由。這不是我們介紹的工作，出了任何問題都是後果自負。只是，我想這不會是輕鬆的工作。就是留不住人，才會主動寄資料。」

琴葉並未懷抱太強的警戒，反倒沉浸在隨著安心而來的喜悅中。偵探，好像找到意外的就職管道。她完全不清楚具體的工作內容，但聽起來是類似記者的室內工作。

在網路上搜尋後，琴葉判斷社員約二十人的須磨調查公司較有希望。難能可貴的是，還提供宿舍。

汐留的住商混合大樓的七樓一整層，就是公司的所在地。琴葉前去應徵，不久就進入面試階段，當場獲得錄取，勉勉強強趕上房子的租約到期日。

上班第一天的早晨到來。琴葉身穿套裝，拖著行李箱出門。除了衣服以外，行李箱裡有一整套生活必需品。在公司的人帶她到宿舍前，她等於是無家可歸。

抵達離職場最近的車站，時間仍綽綽有餘。琴葉用智慧型手機聯絡姊姊。姊姊彩音開口第一句話並不是祝福，而是不安地問，那種工作沒問題嗎？

對於偵探這份工作，姊妹之間的認知似乎有落差。彩音與就業服務處的職員看法相同，與琴葉認爲的知性形象相差甚遠。不過，琴葉接觸到偵探的經驗，僅限於小說與電視劇。

難道姊姊才是正確的嗎？琴葉帶著困惑踏進公司，來到社長室。裝潢以馬賽克磁磚與木紋爲基調，家具什物十分雅緻。看著室內擺設，琴葉覺得自己的認知並未偏離事實太遠。書櫃上也擺滿頗艱深的書。

經營者須磨康臣是有著一頭醒目白髮的紳士，年紀約五十歲左右，無論是西裝的穿搭或舉止都充滿品味。這裡不可能會是黑心企業，琴葉再度告訴自己。

須磨在桌子另一頭的皮革座椅坐下，措辭沉著溫厚：

「峰森琴葉小姐，抱歉剛來就要麻煩妳，不過上午會有訪客。我帶妳去茶水間和會客室，那是妳目前的工作地點。」

「您說……茶水間嗎？意思是，新人要從倒茶開始做？」琴葉有些不知所措。

「妳不滿意嗎？」

「我和男人不同，搭乘女性專用車廂不會不自然。我早做好一整天努力跟蹤的心理準備。」

須磨不禁睜圓眼，旋即浮現苦笑。「第一線工作會交給有經驗的人。我們公司辦有

ＰＩ學校，會錄用培訓班中較有潛力的年輕人，但大多數都派不上用場。偵探課的成員幾乎都是從助手開始工作好幾年的人。」

「我本來以為……至少能當助手。」

「妳不適合第一線工作。妳的長相可愛，會吸引男性目光。看起來也喜歡打扮，比較適合當櫃檯人員或祕書。」

這樣啊，琴葉聽到自己微弱的低語。按照姊姊的定義，這樣的錄取原因與特種行業毫無差別。

須磨望向琴葉的行李箱，「好大的箱子。」

「是，我希望今天就能入住員工宿舍。」

「妳申請住宿嗎？不過應該還沒批准。」

「對，但家姊結婚了，我一個人付不起前一間房子的租金。」

「哦，妳跟姊姊感情好嗎？」

「我最喜歡姊姊了！」琴葉忍不住語帶雀躍。「姊姊很溫柔，和她在一起非常快樂。」

「那妳現在肯定相當寂寞。」

琴葉猶豫著該怎麼回答，最後坦白說出內心想法：「是的。」

須磨思索片刻，不久從椅子起身，吩咐道：「跟我來。」

琴葉連忙拉著行李箱，尾隨在須磨身後。

兩人走出門口，在短短的走廊上前進。這層樓原本大概是全空，公司進駐後才以輕隔間工法分隔成小間。這裡似乎有數個隔間。

他們踏進像是辦公室的空間。只見擺放著幾張桌子，穿西裝的職員埋首工作，大部分是三十到四十多歲。這裡眞的是無法讓人自豪說出工作地點的職場嗎？不，應該稱得上是正規企業。琴葉努力試著否定姊姊的評論。

在六張桌子組合成的區塊，掛著從天花板垂下來的「偵探課」名牌。有些人注意到琴葉，向她點頭打招呼。琴葉惶恐地回禮。

在一段距離之外，牆邊擺著一張孤伶伶的桌子，掛著另一個名牌：反偵探課。

桌子的主人彎身將花插進花瓶裡。那是有著烏黑長髮的苗條女子，看起來比琴葉年長一些，別致的襯衫與荷葉裙與她十分合襯。她的身材比例頗爲迷人，小巧的臉蛋相當秀麗。琴葉想，這個明顯比我漂亮的人，不可能是第一線人員。

「紗崎。」須磨出聲呼喚。

與琴葉預期的相反，紗崎沒露出笑容，也沒站起。她蹙起眉頭，板著臉望向須磨。但須磨並未露出爲難的神色，回頭對琴葉說：

「這是反偵探課的紗崎玲奈。她的資歷超過一年，現在是二十一歲。紗崎，這是今天加入的新人峰森琴葉。」

玲奈眉間皺紋加深，「新人？這是怎麼回事？」

「反偵探課不能只有妳一個人，需要助手。」

「我不需要。」

「在PI學校我教過，跟蹤的基本原則是要由兩個人進行。」

「現在才來說這種話嗎？一直以來我都是獨自進行，人手已足夠。如果是PI學校畢業的新人，讓偵探課照顧就好了吧。」

「她不是培訓班出身，是這個春天剛從高中畢業的中途錄取員工。她本來跟姊姊一起住，但現在要一個人生活，似乎挺寂寞。我覺得妳們會很合。」

「姊姊？」玲奈訝異地望向琴葉。

玲奈第一次直視她。琴葉低頭致意，同時察覺自己的笑容多麼僵硬。

不知爲何，玲奈有些慌亂地抗議：「等一下，這樣不行。要這種小丫頭當助手……

就算只是玩笑話，我也無法接受。」

須磨的態度淡然，有條有理的口吻彷彿在演講：「我不是在說笑。原本我覺得讓櫃檯人員兼打雜的新人住宿舍不太妥當，不過，若是在反偵探課工作就能批准。而且，分配給各課同住的公寓長期由紗崎獨占，這下就能解決不公平的狀況。」

「意思是，要我和她一起住嗎？」

「既然身在反偵探課，就必須對隱私問題保持警戒。妳可以離開宿舍獨自生活，不過住處遭其他私家偵探查出的風險會提高。說穿了，宿舍的功用本來就是防止員工捲入犯罪，由公司負起所有責任。住宿者必須遵守實際上的房東，也就是我的方針。」

玲奈面露不滿，但似乎沒有反駁的意思。她默默垂下視線。

見須磨準備離開，琴葉連忙發問：「不好意思，反偵探課負責怎樣的工作？」

須磨停下腳步。「說好聽點是業界自我整肅，說難聽點是打擊同業。在我這個偵探事務所的經營者看來，無論何者都是好事一樁。這是在紗崎與我的利益、雙方的妥協點之間摸索出的結果，目前剛成立一年。詳情妳問紗崎吧。」

留下這段話，須磨迅速離去。

玲奈一臉爲難地坐下，並未望向琴葉。她整理起堆在桌上的檔案夾。

琴葉的目光轉向桌邊，一樣堆著高得像座小山的書籍與檔案夾。光是管理資料似乎就是件苦差事。

這是她發揮作用的機會。即使明顯不受前輩喜愛，只能相信這一點硬著頭皮上了。

「妳好，」琴葉決定要表現得很順從，「我是峰森琴葉，從今天起要麻煩妳關照。如妳所說，我只是個小丫頭……但還是請妳多多指教。」

玲奈益發不知所措。

剛剛說了句「要這種小丫頭當助手」，對方就耿耿於懷，或許會覺得我是難相處的前輩。但脫口而出的那句話，並非琴葉所想像。

玲奈抬起頭，瞥向琴葉。琴葉尷尬地微笑。

沉默佇立的姿態、小心翼翼的舉止，及有些天真的親切態度，這一切都讓人忍不住想起咲良。縱然長相完全不同，表情卻重疊在一起，隱約露出的虎牙也一模一樣。

對須磨的反感油然而生。玲奈暗想，我根本不想要咲良的替身。沒人能夠當咲良的替身。要她和這個與姊姊分開的少女合作，互相填補內心的空隙？她不希望須磨用這種淺薄的想法踐踏她的過去。

只能不派琴葉到第一線，留她在辦公桌前徹底當個接線生。這是爲她著想。

「紗崎。」忽然傳來一聲呼喚。

一名高瘦的西裝男子走近。他的頭髮略長，臉頰滿是鬍碴。這個人隸屬偵探課，二十八歲，對玲奈來說是資深前輩，但以平輩口吻交談已是常態。

桐嶋颯太清清嗓子。「有個委託人找我求助，我判斷可能是屬於反偵探課的案件。」

「我馬上過去。」玲奈起身離座。

剛要離開辦公室，琴葉跟了過來。在公司裡沒理由趕走她，玲奈什麼也沒說，逕自往前走。

會客室中，淺坐在沙發上的是名年約四十的男子，穿著上好質料的休閒西裝外套。

「這是委託人林原彰夫先生。」桐嶋向玲奈介紹。

一如以往，在委託人面前桐嶋仍毫不客氣，不加修飾地說明事由。

林原瞞著妻子有了外遇。後來，妻子僱用的偵探現身。偵探拍到他與外遇對象進入賓館的決定性瞬間，提出只要願意用四百萬圓買下照片，就不會告訴他的妻子。

林原拿手帕擦拭額頭的汗水，尷尬望著玲奈與琴葉。「眞是相當年輕的兩位女士啊。不過，我不太希望詳情傳出去。」

桐嶋聳聳肩。「我們當然會遵守保密義務，但公司內部的部門會互通必要情報。我認爲這件案子該由反偵探課負責。」

「反偵探課？」林原轉而凝望玲奈。

玲奈在對面的沙發坐下。「林原老師，請問……」

林原不禁睜大雙眼。「妳剛剛喊我什麼？我明明沒說出職業，妳怎會叫我『老師』？」

從林原的反應看來，他想必確實處在被稱爲『老師』的立場。既然如此，外遇肯定也是事實。

「老師」指的不限教職人員，適用於政治家、設計師、建築師、作曲家、醫師、律師等多種職業。這種人在學生時代全心全意用功讀書，得到社經地位後便舉止脫軌。他們擁有可自由運用的金錢與時間，職場有年輕女性，因此容易染上偷吃的習慣，在恐嚇犯眼中是最佳目標。被稱爲「老師」的就是這樣的人。

「您對家庭有何想法？」桐嶋問林原。

「這個嘛……」林原再度擦拭額上的汗水，「說起來很任性，但我不想失去與妻女之間的生活。」

「您打算支付四百萬嗎？」

「目前我是這麼想的。我帶了現金，接下來就要前往約定的地點。不過，我無論如何就是感到不安，才會沒預約就衝進這家大偵探社求助。想想挺可笑的，妻子僱用的偵探威脅我，而煩惱的我爲此造訪別家偵探社。」

「不過，恐嚇您的偵探，不見得眞的受到尊夫人的委託。」桐嶋笑了笑。

「能麻煩您告訴我尊夫人的電話號碼嗎？」玲奈詢問林原。

「好的。」林原顫抖著拿出智慧型手機操作，將液晶螢幕轉向玲奈。「瞧，就是這組號碼。」

畫面顯示出記錄在電話簿的號碼。玲奈的手伸向桌上的電話，拿起聽筒按下184後，撥打那組號碼。

鈴響幾次，一名女子應聲：「你好，找哪位？」

「我想跟您談談有關尊夫的委託案。」玲奈低聲開口。

「咦，妳是指什麼？」

對方的聲音聽不出異樣，也沒有不自然的遲疑。玲奈平板地回答：「這裡是八字命理教室，請問是田宮小姐的手機嗎？」

「不是。」

「非常不好意思，打擾您了。」

玲奈心知自己說話方式冰冷，只進行最低限度的交談，便掛上電話。「尊夫人並未委託偵探。」

「林原先生，恐嚇是那名偵探個人所爲。這適用於刑法第兩百四十九條，您最好向警方報案。」桐嶋嘆氣道。

林原搖頭，滿臉意外。「就是不想鬧大，我才會來到這裡。況且，那名偵探的目的不只是錢，強調拿四百萬純粹是徵收罰款，他們的使命是保護善良風俗。他僅僅是眾多同志中的一員。」

「那是虛張聲勢。」桐嶋含蓄一笑。「這太矛盾了。目標不是錢，卻要您拿出四百萬圓。」

林原聞言，一臉認真地傾身向前。「本來半信半疑，但前往對方指定的地點後，我相信背後確實有一股龐大勢力。畢竟他在東京巨蛋中央出示照片，就是投手丘附近。觀眾席沒任何人，只有我和他。那名偵探包下巨蛋，只是爲了與我會面。」

琴葉倒抽口氣，但在玲奈眼中，這種事根本不值得驚訝。

「就算有教唆那名偵探的情報提供者，進行恐嚇依然是他個人所爲。根本沒有什麼團體，他純粹是想勒索您罷了。」玲奈輕聲向林原解釋。

「我剛剛不是提過，他能自由運用東京巨蛋……」

「無論是誰，用三十五萬圓就能租兩個多小時。假如能從您手中騙得四百萬圓，所需經費不到這筆款項的一成。」

林原神色訝異，「三十五萬圓？這麼便宜嗎？」

桐嶋沉著地點頭。「在沒有比賽的平日，這樣的租金就能打業餘棒球賽。東京巨蛋的場地費便宜得驚人，但一般很少有人知道，可說是常見的心理作戰。突然約在巨蛋會面，不管是誰都會被這個陣仗嚇到，覺得對方背後有強大的靠山。」

「爲何要這麼大費周章……拐彎抹角地說什麼金錢不是眞正的目的？」

「不想被看穿底細吧，否則您很可能會報警。只要您相信對方背後有團體勢力，就能暗示您即使他落網，同伙也會公開照片。」桐嶋回答。

林原抬手撫額。「的確……冷靜想想，你的話沒錯。」

「那偵探叫什麼名字？」桐嶋問。

「柴垣。不過，我不覺得這是本名，他也沒給我名片。」

「稍後您要與他見面吧？今天約定的地點和時間是……？」

「下午一點半，在東急東橫線的新丸子站附近，一家西式小酒館『卡農』。」

「在多摩川對面，是川崎市那邊吧？」桐嶋轉向玲奈，「那一帶有可能從事恐嚇勾當的偵探業者嗎？」

玲奈點點頭，「我想得到幾個人。」

「那麼，能交由反偵探課處理嗎？」

「好的。」玲奈的視線移向林原。「請按照預定前往『卡農』，我會開車過去。就算在店裡看到我，也請裝作不認識。」

林原面露疑惑。「妳一個人過來嗎？或許有點冒犯，不過妳看起來和我女兒年紀差不多。」

「反偵探課只有紗崎一個人。」桐嶋答得乾脆。

琴葉聞言連忙開口：「不好意思，從今天起我也……」

玲奈起身，抓著琴葉的胳臂步向門口。「走吧，別多說。」

她強行帶走一臉困惑的琴葉，拉著她回辦公室。走到反偵探課的辦公桌旁，玲奈總算放開琴葉。接著，她拿起提包準備外出。

琴葉帶著笑容湊上前。「我也一起去。」

「妳待在這裡。」玲奈刻意擺出冰冷的態度，「搞不好會有人打電話聯絡，妳留下接聽。」

琴葉尷尬佇立半晌，失落地垂下肩膀應一句「我知道了」。

茫然望著櫃子的琴葉忽然伸出手。「嗳，好可愛，是波列特熊。」

由於和四周格格不入，才會抓住琴葉的目光吧。那是附鑰匙圈的三吋白熊小娃娃，琴葉輕輕拿起。

「我國中的時候流行過一陣子，這個有些弄髒了。現在去原宿應該四處都買得到。」琴葉笑著低喃。

玲奈內心隱隱作痛，一陣感傷掠過胸口，總覺得會聽見咲良呼喚「姊姊」。無論在酷暑的豔陽下，或在呼吸染成一團白霧的寒冬，過去她都與咲良共度。

現實逐漸取代回憶。咲良已不在世上，如今她是孤孤單單一個人。照理說，她早就接受這個事實。

玲奈沉默地將車鑰匙丟進提包，離開辦公室，背後一直感覺到琴葉默默目送她的視線。

9

下午一點多，玲奈開著公司名下的豐田86從綱島大道抄近路前往目的地，並將車子停在投幣式停車場。新丸子的商店街就在附近。

鄰近的武藏小杉站周遭因再開發案漸漸熱鬧起來，這一帶放眼望去，卻是成排的老舊店鋪與民宅。巷子狹窄又複雜，愛情賓館隨處可見，往昔似乎是花柳之地。

在殘留下流雜亂氣息的車站前，有一家掛著「卡農」招牌的西式小酒館。

玲奈走進店門。從將近脫落的壁紙看得出營業已久，菸味刺激著鼻腔。現下是一般家庭會在車站前來來去去的時間帶，客人卻只有中高齡男子，而且幾乎沒瞧見穿西裝的身影。店內坐滿上午結束工作的勞動者，或一手拿著啤酒杯的紅臉醉漢。單獨前來的年輕女客想必十分稀罕，但不至於遭到拒絕。

除了正門外，廚房深處有道半開的後門。只要跳進櫃檯，就能從後門遁逃。

玲奈在靠近櫃檯的桌邊坐下。原本偵探應該占據離出入口最近的座位，同時也必須是可環顧店內的位置。玲奈無視於在ＰＩ學校學到的要點，若按這兩項條件選擇，會被同業看穿是偵探。反偵探課有獨自的守則。

不知哪個腦科學家說過，女性的空間感較差。由於流傳甚廣，到處都有人談論，男性具有狩獵本能，總會留意出入口，而女性則否。謠言有時候會帶來優勢。既然女性不適合當偵探，玲奈也不容易被看出是偵探。身在與職業偵探爲敵的立場上，非常樂見此一偏見根植人心。

在ＰＩ學校接受兩年培訓，擁有一年實務經驗。包含磨練聽覺的雞尾酒會效應（註），玲奈早學會鎖定目標對象話聲的技術。

離玲奈最近的桌位，微胖的白髮男子在對同樣穿工作服的年輕人說教，「當初我就叫你架好梯子，不然開始養護地面後無法重來」。坐在對面桌位的三十出頭瘦削男子身穿略髒的襯衫，與約莫同齡的男人談笑，「明明早晚搭電梯的人多到每層樓都停，但三次裡只有一次往下」。一旁牆邊兩個膚色微黑的男人在討論健康議題，提到醫生總叮囑少吃油炸食物，但其他哪有什麼東西可吃。

沒人看向玲奈，自顧自聊得熱切，反倒顯得詭異。況且，這群人的話未免太多，似

註：指人的聽覺排除雜音，挑選特定關鍵字的現象。比方，在雞尾酒會上，即使周遭嘈雜也能聽到感興趣的話題。

乎完全沒注意到與這家店格格不入的她。

玲奈不禁納悶，是她自我意識過剩嗎？其實是她疑心過重？

年輕的服務生將瓶裝啤酒與玻璃杯放上托盤，走出櫃檯。他走近膚色微黑的兩個男人，放下啤酒、玻璃杯及開瓶器，便轉身離去。那桌客人嚇一跳，但打開瓶蓋將啤酒倒進玻璃杯後，又繼續閒聊。

玲奈的視線追隨著服務生。回到櫃檯後，他一副事不關己的表情站在原地。沒見過這個人，他依然沒有要來爲玲奈點單的跡象。那男人……

忽然有人在同一桌坐下，擋住玲奈的視野。緊張感竄過全身，她望向對面那張臉。

琴葉盈盈一笑，「妳好，紗崎前輩。」

一感覺到強烈的情緒波動，玲奈馬上會抑制臉部肌肉。這樣的反射動作早成爲習慣，此刻她也努力不流露一絲錯愕。雖有瞬間慌亂，但她自信能維持冷靜。

「妳來做什麼？」玲奈低聲問。

「我向須磨社長報備，他要我一起過來。因爲我們都隸屬反偵探課……」

「噓，」玲奈板著臉警告琴葉，「再小聲一點。不要透露職員或部門名稱。」

琴葉神情複雜，明顯感到困窘。「對不起，我還沒習慣。不過，社長說兩人一組是基本原則。」

明明早以沒必要爲由拒絕，又重提這件事，眞是無法理解須磨的意圖，玲奈滿心煩躁。而琴葉馬上來到現場，未免太沒常識。不對，琴葉應該不清楚這份工作的本質吧。

琴葉頻頻環顧四周，「林原先生似乎還沒來。」

玲奈忍不住嘆氣，提醒琴葉：「不要東張西望。」

「不好意思。」琴葉聽話地坐正。

情勢所迫，玲奈擁有搭檔，得先告訴琴葉必要的情報。

「從妳的正面看過去，入口旁有一面鏡子。鏡子映出櫃檯後的服務生吧？」玲奈低語。

「咦？啊，對。」

「他不是這家店的人，而是花錢買通員工，假扮成服務生。」

「妳怎麼知道？」

「剛剛他把沒開瓶的啤酒端出去。」

這家店只有餐飲營業登記證，沒有酒類販賣執照。將瓶裝啤酒送上桌後，絕對要當場開瓶，服務生不可能犯這種錯誤。

琴葉表情一僵，「或許他還不熟悉這份工作。」

「那個人大概連預先演練的時間都沒有，就臨時被偵探僱用。」

既是陌生臉孔，又缺乏知識，是偵探的機率很低。不過，他肯定會使出什麼花招。

此時，琴葉望著出入口輕呼：「啊！」

玲奈沒回頭，眼角餘光一掃，走進店裡的是林原。他將提包抱在胸前，顫抖著往前走。玲奈輕碰琴葉的手，催促她從林原身上收回目光。

林原膽怯地靠近櫃檯，服務生一手拿著菜單走向他。

下一秒，服務生猛然衝向林原，拋開菜單，一把抓住提包。林原滿臉驚愕，仍沒鬆手，拚命抵抗。服務生使勁撞倒林原，搶走提包。

玲奈反射性站起，跑向服務生。他肯定是往後門逃逸。

不料，服務生站在原地不動。當玲奈拉近距離，服務生忽然拋出提包，三十多歲穿襯衫的客人接住，緊緊抱住提包，奔出店門。

原來是那個男人，玲奈停下腳步。服務生冰冷地凝望玲奈。林原摔倒在櫃檯附近，搖搖晃晃地試圖站起。

既然搶到錢，就不會加害林原。眾目睽睽下，對方應該不會毫無意義地出手，愚蠢得導致罪加一等。

玲奈立刻想追上襯衫男子，但不能把琴葉留在假服務生所在的店裡。她抓住琴葉的胳臂，猛力往外拉。「用跑的。」

琴葉的腳程慢得不像話。一出店外，玲奈就從商店街跑進車站。看不到那男人的背影是正常的，玲奈觀察往來的人潮。乘客舉止自然，站務人員也頗悠閒。若那男人逃到站內，應當會引起騷動。

玲奈望向通往綱島大道的路徑。巷子裡有一隊放學的小學生。假如那男人鑽入巷子，帶隊的教師會有所警戒。

周圍沒有那男人逃跑行經的跡象，但車站前能藏身的建築寥寥無幾。玲奈注視著一棟公寓入口，安裝有對講機門禁系統，自動門緊閉。若襯衫男人是住戶，就能順利進門。她抬起頭，發現是超過三十層的高樓建築。這在武藏小杉一帶並不罕見，可是附近沒相同的建築。

「過來。」向琴葉拋出指令，玲奈跑向公寓，按下對講機的數字鍵。她從較高樓層、可能存在的住戶號碼逐一嘗試，２１０１、２２０１、２３０１。

總算有人回應，傳出女聲：「請問是哪位？」

數字鍵旁裝有內建鏡頭。玲奈湊近，避免鏡頭照到穿著，開口：「您好，我來送貨。」

自動門隨即打開，玲奈帶著琴葉走進大廳。帶外行人同行非常危險，但把她丟在路上更不妥。

兩人一起進電梯。樓層按鈕最高到三十六樓，玲奈按下二十七樓。門關起，電梯上升。

「爲什麼會按二十七樓……？」琴葉表情僵硬地低問。

玲奈無意說明。襯衫男人在閒聊中提到，明明早晚搭電梯的人多到每層樓都停，但三次裡只有一次往下。假設當時他尚未發現玲奈的身分，吐露的可能是眞心的怨言。當然，那男人不見得是指這棟大樓，「三次裡只有一次」的發言也不一定精確。不過，如果電梯每一層都停，往上和往下的比例是三比一，那麼往上會從一樓通過二十七層，往下則會從最高層通過九層，符合條件的就是二十七樓。考慮到眼前的狀況，只能從二十七樓找起。

恐嚇林原應該是偵探個人所爲，大概是對交易過程抱持警戒，於是僱用幫手。玲奈推測對方的同伙不多。人數愈多，分得的錢愈少。若是集團犯罪，根本不需要藉東京巨蛋虛張聲勢。

電梯停下，玲奈打手勢要琴葉後退。電梯門打開，玲奈探頭觀察二十七樓的走廊。空無一人，只見兩旁住戶的家門，玲奈慢慢走出電梯。

林原的提包扔在地上。玲奈撿起，感覺頗輕，提包已清空。提包掉落的地點離2706室最近。

眞不舒服，玲奈直覺這麼想。她按一般偵探的思維下判斷，並採取行動，結果一如預期，會有這麼順利的事嗎？

玲奈握住2706室的門把。沒上鎖，也沒上門鏈，門輕易打開。照明似乎是感應式，旋即亮起。

「等等，這樣是非法入侵……報警比較好……」琴葉緊張地悄聲開口。

玲奈舉起一隻手，制止琴葉的抗議。若琴葉認爲這是入侵民宅，在踏進公寓的那一刻早就犯法。無論何時，想知道眞相便得自負後果。

玲奈從門口眺望屋內，格局是一房一廳附廚房，看起來是獨身男子的住處。洗衣機上放著洗衣精，對面房裡桌上堆著書。換下的衣服亂丟在床上，滿是雜物。然而，這裡格外缺乏生活氣息。

爲了隨時能衝出門外，玲奈穿鞋進去。她看出天花板裝的是ＬＥＤ燈，莫名有些在意洗衣精，一拿起發現將近全空。瞥向標籤，如同她的擔憂，洗衣精含有螢光增白劑。狀況明顯不自然。螢光增白劑會導致與黃色互補的藍色反射光增幅，讓白布的泛黃變得不顯眼。在鹵素燈下會吸收紫外線，反射出藍色可見光，但ＬＥＤ燈的紫外線發光量幾近於零。待在屋內，應該會覺得衣服的泛黃污漬洗都洗不掉。這種情況下，洗衣精還會用到將近全空嗎？

洗衣精並非在這裡用掉的。與其他雜物一樣，是基於某種意圖，刻意放在此處，想誤導她有人居住。爲什麼？目的就是引她走進屋內深處觀察……

玲奈轉身一推，阻止琴葉前進。「馬上出去。」

此時，衣櫃猛然打開，一道人影撲過來。玲奈頓時倒地，令人發麻的劇痛竄過全身。

琴葉尖叫出聲。襯衫男人大喊著揮舞菜刀，朝玲奈刺下。

要是讓他騎到身上箝制手腳就完了，玲奈敵不過男性的力氣。她收緊雙臂以便防禦臉部，接著抓住男人持刀劈砍的手腕。她藉體重順勢翻身，讓刀子偏向側邊，全力抓著敵人胳臂往床下連撞數次。男人遲遲不肯放開菜刀，但似乎無法忍受疼痛，失去平衡。

玲奈就地一滾，鑽出男人身下。

玲奈抓起桌上的檯燈，重擊男人腦袋。日光燈管四分五裂，男人趴倒在地，菜刀彈到牆邊。不料，男人撿起日光燈管碎片，刺向玲奈額頭。玲奈的視野中血花四濺。男人舉起椅子，狠狠揮下，玲奈口腔內側似乎破了，血液的鐵味在舌頭上蔓延。承受無數次重擊，玲奈聽著在頭骨中迴盪的悶響，感到一陣暈眩。

男人氣喘吁吁。玲奈怒火中燒，抓起一本精裝書，往水平方向用力一揮，擊中男人的頸動脈。男人哀號著痛苦掙扎，她毫不留情地瞄準分布於人體側面的弱點，不斷用書角毆打太陽穴、腋下、肋骨下方。男人一蹲下，玲奈隨即舉起椅子往後腦杓揮落。鮮血流淌，男人趴伏在地，但似乎還沒失去意識，仍試圖爬起。玲奈連踢男人側腹，直到腳背失去知覺都未停止。

琴葉全程目睹這個瘋狂場面。她第一次目擊現實中的打鬥。

不同於電視上的拳擊比賽，完全沒擺架勢、估量時機之類的動作，面目猙獰而野蠻，像動物一樣扭打成一團，互相傷害。手腳只求以最短距離、最快速度攻擊對方。自制力毫無作用，連理性是否正常運作都相當可疑。除了殘暴以外，沒有其他形容詞。

玲奈明顯習於動手，肯定受過紮實的訓練。她披頭散髮，狠狠踹著倒地男人的腹部，姿勢穩定有力，彷彿在跳舞，圓裙裙襬搖曳。然而，她的行爲根本極度異常。

除卻不時痙攣，男人已無任何稱得上動作的反應。玲奈再度舉起椅子，朝男人頭部打下去。椅腳折斷，椅背彈開，各個部位發出空虛的聲響散落一地。

殘忍的暴力告終。男人死了嗎？琴葉膽寒地暗想，但男人仍艱辛呻吟著。

在他身旁，玲奈上氣不接下氣地站著沒動。她的臉頰與下顎腫得慘不忍睹，內出血的黑斑在臉上蔓延。額頭的割傷流出鮮血，鼻孔滴下點點殷紅。她像忍著劇痛般皺起臉，不停眨眼。

玲奈踉蹌走向廚房，以自來水洗手，接著走向桌旁，依序打開抽屜開始物色。她拿出一管事務用膠水，擠出內容物塗在掌心。

「妳在做什麼……」琴葉眼眶含淚，顫抖著問。

「我被日光燈管燙傷，膠水可充當藥膏。」玲奈沒停手，啞聲回答。

玲奈轉身走向床鋪，拿起扔在床上的男性衣物，將袖子撕成布條當繃帶纏在掌上，手口並用靈巧地包紮起來。接著，她將衛生紙搓成條狀，塞進流血的鼻孔。

這似乎就是僅有的緊急處理。玲奈在倒地的男人身邊蹲下，摸索他全身上下的口袋，搜出一盒名片。玲奈將一張名片收進襯衫胸前口袋。

在男人的隨身物品中，還找到一張便條紙。在琴葉看來，上頭什麼都沒寫。

玲奈抽出男人胸前口袋裡的原子筆。望著那隻筆半晌，她也將白紙塞進襯衫口袋。

從廚房拿來抹布後，玲奈摀住額頭的傷口，走近琴葉，一把抓住她的胳臂。琴葉滿心畏懼，根本發不出聲，就這麼被帶出門外。

在車站前的人潮中，琴葉配合玲奈的步調往前走，默默在意著周圍的視線。正因我在哭，才會引來矚目。縱然有自覺，她仍忍不住淚水。

玲奈似乎比琴葉更受關注。頂著青一塊紫一塊的臉，鼻孔塞著衛生紙，襯衫與裙子染血，這模樣不被當成怪人才有鬼。

她們從商店街走進一旁的小巷，來到停在投幣式停車場的豐田８６旁。當初琴葉是搭電車過來，在這種情況下思索回去的方式似乎很不識趣。玲奈在自動繳費機付完錢，坐上駕駛座。琴葉也打開副駕駛座的門。

「幫我打開雜物箱好嗎？」玲奈低語。

琴葉依言而行。令她驚訝的是，裡面放著與急救箱同樣齊全的用品，包括繃帶、

ＯＫ繃、紗布與紙膠等等。玲奈拿出消毒劑與棉花棒，看著手拿鏡處理額頭的割傷。壓在傷口上的抹布染成一片紅。玲奈臉上的瘀腫色澤愈來愈深，塞在鼻孔裡的衛生紙也因吸血而變色。

過一段時間，琴葉總算擠出顫抖的聲音：「剛剛是怎麼回事？」

玲奈從胸前口袋抽出名片，扔到儀表板上。染血的名片印著「關山偵探事務所　岐部讓司」，所在地是橫須賀市。

「是報復。」玲奈回答。

「報、報復……」琴葉說不出話。

「五次裡有一次是這樣，之前幹惡質勾當遭我揭露的人，會惱羞成怒找我報仇。」

「眞的嗎？意思是，妳被盯上了？」

「之前反偵探課只有我一個人，所以對方會毫不客氣試圖擊垮我。」

玲奈滑開智慧型手機。通話的對象似乎是桐嶋，他的聲音依稀可聞。

「是陷阱。關山偵探事務所應該只有三個人，但對方僱用我沒見過的第四個人，名叫岐部。那個姓林原的委託人是同伙，扮演妻子接電話的人也一樣。目的是把我引到位於大樓高層的密室，這樣就能避人耳目施暴。」

玲奈平淡告知，琴葉聽不清楚桐嶋的回應，不過他似乎沒太驚訝。結束通話，玲奈拋開手機，發動引擎。

雙手仍簌簌顫抖，琴葉望向玲奈的側臉。「林原先生的外遇也是謊言嗎？」

「對方撒下偵探容易循線找過去的誘餌，引導我到這裡。我大意了，換成是平時……」玲奈的目光轉向琴葉，沉默片刻，低語道：「沒事。」

警笛聲逐漸接近，巡邏車似乎開進商店街。巷口隱約看得見紅燈閃爍。

大概是聽到吵鬧聲的大樓住戶，或剛剛在車站前的哪個人報警了吧。琴葉感到一股涼意竄過背脊。玲奈擅闖民宅，即使先出手的是對方，畢竟是她將人打成重傷，且屋內到處留有她的指紋。

然而，玲奈沒顯露一絲畏懼，緩緩轉動方向盤。車子慢慢駛出停車場。

我不能只會哭，琴葉想著。

變得破破爛爛的衣服，傷痕累累的側臉，根本無意示弱的態度。這就是在我今天進入的公司、與我在同一部門工作的前輩的模樣。另外，還有一件重要的事，儘管目睹瘋狂的暴力在眼前發生，我仍準備默默離開。雖然不熟悉法律，但我肯定已成爲傷害罪的共犯。

10

時間已過晚上七點，在偵探課的辦公室裡，幾乎每個人都在加班。琴葉站在連接辦公室與社長室的短廊上，爲了抹除不安而滿心急躁。

玲奈走進社長室後，便沒再現身。琴葉認爲她該去醫院縫合額頭的傷口，但當事人毫不在意，只以紗布和紙膠稍稍處理，就直接從川崎返回公司。

見桐嶋雙手插著口袋走近，琴葉甚至有股求救的衝動。

望著社長室的門，桐嶋嘀咕：「又被嚴詞警告。不過，妳不必擔心。要是警方眞的有意逮捕，便衣刑警早衝進來。」

這並未撫平琴葉的心慌，她注視著桐嶋。「屋裡到處留有指紋……」

「還有更麻煩的問題吧。」桐嶋的語氣很乾脆。「其中一戶的對講機監視鏡頭應該已拍到紗崎的臉。假如警方認定案情重大，肯定會立即拿著逮捕令找上門。直到現在都沒接獲消息，表示趕抵現場的員警什麼都找不到，只能打道回府。」

「什麼都找不到？可能嗎？」

「可能啊，倒不如說這才是典型的狀況。岐部的同伙八成前去將２７０６室上鎖，假裝沒人在家。儘管員警在大樓內到處詢問，想找出發生過騷動的現場，卻無法確認。畢竟他們不能擅自進入民宅。」

「對方沒報案嗎？」

「是關山偵探事務所設下陷阱，把紗崎引過去的。要是警方發現他們曾暗中進行可疑活動，根據偵探業法會勒令暫時或永久停業。傷害罪並非告訴乃論，但沒有任何人目擊現場，且岐部日常往來的想必不是正派的社會人士，就算他受重傷，也不用擔心其他人報警。」

「這樣啊……」

「另一方面，紗崎不可能以遭受暴力為由控告對方，因為會被追究侵入住宅罪。各自理虧，雙方都會避免報案，也達到勢力均衡，所謂的火拚就是如此吧。」

「火拚？」琴葉嚇一跳。「這不跟黑道沒兩樣？」

「關山偵探事務所的三個人，之前是指定暴力團的幹部與成員。他們本來就專門催討高利貸債務，很習慣跟蹤與埋伏，還有恐嚇、施暴、侵入民宅及消滅證據。」

「那就是偵探的工作嗎？這家公司也一樣？」

「不會像他們那麼過火，但我們不是什麼正人君子。社長平日重視的不是在別人家安裝竊聽器的行爲，而是能不能在避人耳目的情況下完成。要是被逮到，是職員自己的責任，公司會堅稱毫不知情。這是一門吃力不討好的生意。」

「這不正是黑心企業嗎？」琴葉忍不住回道。

「沒錯。」桐嶋眉頭不皺一下。「儘管日本這麼和平，只要看電視新聞，便會明白幾乎每天都有笨蛋作亂。在社會上，有個角落聚集的全是這樣的人，其中偵探業就坐在貴賓席上。妳能輕易進入公司也是理所當然。」

寒意再度竄過背脊，琴葉不由得顫抖起來。「我以爲這是更知性一點的職業。」

「知性職業啊。妳以爲會像小說中的偵探，把相關人士集合到一個房間，說出『犯人就在你們中』嗎？妳想想，殺人後還特地僞裝手法的犯人會那麼安分，默默聽偵探推理嗎？既然相關的人全聚集在同一個地方，犯人肯定會毫不猶豫，直接從外面堵住門再放火。要是有個偵探擺出知曉內情的姿態講解不停，不管是不是在眾人面前，犯人都會率先殺死那傢伙。什麼罪上加罪、會留下證據等等，人在生死關頭可不會理性思考，拋開妳的幻想吧。」

「可是，至少偵探是站在正確的那一方吧？」

「不，完全不是。或多或少都是會算計他人、揭露祕密的討厭鬼。我們時常觸犯各種法律，也會引起旁人憤怒。」

「那桐嶋前輩爲何選擇這個職業？」

「我和紗崎一樣從ＰＩ學校畢業，是第一期學生。受訓後發現我有資質，於是只能從事這一行。」

「應該有不涉及任何犯罪的偵探事務所吧？」

「如果是單純代爲調查的公司，開張半年就會倒閉。連裝個竊聽器都縮手縮腳，怎麼查出目標對象的實情？」

「可是，我看過偵探社的廣告寫著『不會進行任何不法活動』。」

「那不就是我們家的廣告嗎？沒人會寫『暗中有違法行爲』。哪裡都一樣，重點是程度差異，明顯太過火的不肖業者會危及業界發展。社長設立反偵探課，就是爲了制止害蟲。不過，一般沒人想加入，因爲有紗崎這種怪人才得以成立。」

「但是，雙方抗爭會導致業界評價變得更糟。」

「所以必須謹慎行動，不能讓警方逮到。對方不會像黑道一樣襲擊事務所，待在公司和宿舍基本上不必擔心，不過沒有絕對的保證。」

「跟今天那種人一直爭鬥就是我們的命運嗎？」琴葉心情愈來愈低落，不禁嘀咕。

「成立反偵探課這一年來，不肖業者慢慢變得狡猾。林原臨時上門商量外遇問題，說接下來要去交付金錢，這是精心設計的陷阱，讓我們沒時間查證眞僞。東京巨蛋那一套大概是岐部常用的詐騙手法，很有眞實感，我們完全上當了。」

「可是，在新丸子的小酒館，服務生搶走林原的提包。既然打算悄悄引出紗崎前輩，不是該選擇不會引人注目的做法？」

「正因是在眾目睽睽下發生變故，紗崎不能有片刻猶豫。一旦警方趕到，會失去行動自由，紗崎才會追蹤進入大樓，否則，她不會闖進容易遭到孤立的封閉空間。在這方面，岐部準確預測偵探的心態，也可能有人從旁指點。另外，對方或許大膽判斷，無論事前引發多大的騷動，只要沒人目擊施暴場面就不會惹來傷害罪的嫌疑。」

公司內的溫度無止境下降，琴葉彷彿被潑一盆冷水。

「岐部想殺死紗崎前輩嗎？」

「讓她活著回來不就麻煩了嗎？不過，根據報告，紗崎察覺屋內有些不自然，打算撤離吧？非常出色的判斷。所以，從衣櫃跳出的岐部沒造成她的致命傷。若紗崎毫無警覺，傻傻待在屋子中央，小命早就沒了。當然，在場的妳也一樣。」

眞想馬上辭職，這樣的念頭湧現，琴葉後悔得想哭。當初眞不該回覆寄到家裡的徵人訊息。

「我從沒與暴力紛爭扯上關係，我該怎麼辦？」

「過來吧，給妳一個好東西。」桐嶋走向辦公室。

偵探課有幾個人開始收拾準備回家。他們輕鬆地向桐嶋打招呼，卻看都不看琴葉一眼。

琴葉有種孤立感，小聲問桐嶋：「難不成我被討厭了嗎？」

「也不是這樣，是反偵探課的緣故。大夥傾向避免跟這個部門扯上關係。」

「對紗崎前輩也一樣嗎？」

「反偵探課等於紗崎玲奈，每個人都敬而遠之。大夥認定都是因爲她才會跟無良業者展開對抗，似乎打心底排斥。不過，我倒是不會。公司裡會跟紗崎交談的只有社長和我兩個人而已。妳是新加入的第三個人。」

「搞不好不良業者盯上也會盯上我。」

「所以，這個給妳。」桐嶋從抽屜取出像電動刮鬍刀的道具。「女性社員都該隨身攜帶。這是電擊槍，讀過說明書就知道使用方式。」

琴葉聽過電擊槍。抵著對方按下開關，就能讓對方觸電。她以前覺得拿來防身太誇張，如今反倒覺得可靠。

「還能從容應付的時候才用，狀況危急的時候不要拿出來。」桐嶋補充一句。

「咦，什麼意思？」

「如果遭孔武有力的對手逼入困境，電擊槍容易被搶走並用來反擊。」

這種說法聽起來全面否定了電擊槍作爲防身器材的價值，琴葉只能嘟囔：

「我開始懷念不必隨身攜帶這種東西的平凡生活。」

「妳眞多愁善感。」桐嶋笑也不笑。「即使在社會上的領域不同，這裡與妳生活到昨天爲止的世界依然相連。會引發糾紛的傢伙就住在左鄰右舍，向偵探求助的委託人同樣是平凡的小市民。所以，驅逐不肖業者是最優先的課題。身處不被警方受理、無法與家人商量的立場，還遭理應是最後救命稻草的偵探背叛，沒有比這更悲慘的事。」

從桐嶋的這番話，總算能感覺到他對這份工作懷有一絲自豪。但是，在琴葉心中來來去去的唯有難以形容的哀傷。

相連嗎？我一直不曉得社會的黑暗面，就這麼活到今天。儘管在電視新聞見識過，我仍沒有眞實感。然而，這一切從以前便已存在。無論偵探業、暴力犯罪、反偵探課，或紗崎玲奈，都是如此。

走廊前端響起門一開一關的聲響，玲奈邁步過來。

大概是做了妥當的緊急處理，腫脹消退大半。面龐仍殘留清楚的瘀青卻不怎麼突兀，或許是容貌端正的緣故。那就像她臉上的刺青，甚至宛如出色的裝飾。卸妝後她的肌膚依然白皙，光澤亮麗。

不過，她顯然不在意旁人的目光，也無意用劉海遮住額頭貼的紗布與紙膠。襯衫的血跡似乎經過清洗而稍淡了些，但並未完全洗淨，暈成一片粉紅污漬。

「請、請問，紗崎前輩……」琴葉懷著畏懼喚道。

玲奈依舊頂著一張不高興的面孔，低聲吩咐：「以後妳不要來現場。」

沉默降臨，伴隨緊繃的空氣而來的是冰冷的寂靜。玲奈在反偵探課的辦公桌前坐下，將文件塞進提包，似乎準備回家。

桐嶋默默離去。琴葉什麼都說不出口，呆站在原地。

閃爍的霓虹燈光鑽進百葉窗空隙，在玲奈臉頰添上一層淡淡色彩。視線低垂的玲奈拿著提包站起，看都不看琴葉一眼，默默走出辦公室。

11

員工宿舍離公司僅需步行一小段路，位於新大橋路上的雅緻公寓一整層樓。在琴葉看來，並非爲單身者設計，而是設計成家庭式。不過，各戶本來就不是分配給一個人住。聽管理員說，兩房一廳附廚房的屋子最多住四人，三房二廳附廚房的則住六人。

不過，琴葉入住的801室爲反偵探課專用，之前玲奈獨占三房二廳附廚房的屋子。其中一間是她的寢室，剩下兩個房間擺滿臥推凳、沙包、啞鈴等重訓器材。無論哪一間，都單調無趣到難以想像有一名女子獨居在此。唯有洗手臺上寥寥幾樣化妝品，勉強能道出住戶性別。

玲奈回到住處後換上彈性材質的運動服，將頭髮高高紮起，在後腦杓綁成一束。她默默將長期放在沒有床的房間的啞鈴和體操墊搬出去，清出琴葉的生活空間。整套寢具則收在雜物間。

儘管已入夜，仍看得出是視野良好的房間，而且很難從外頭窺伺屋內。窗戶下方的一大片陰影就是濱離宮庭園，附近沒有相同高度的建築。剛剛經過大廳，管理員向琴葉說明這棟建築隔音優良，設計成難以隔牆監聽的構造。至於這算不算好事，琴葉無法判斷。至今為止的人生中，她不曾擔心遭到竊聽。

琴葉回到客廳，發現玲奈在廚房，拿著冰袋冰敷臉上的瘀腫。她打開冷凍庫，放進一張紙片。那是從岐部口袋沒收的空白便條。接著，她拿出下方冷藏室的瓶裝烏龍茶，關上冰箱。

這又是什麼奇特行徑？琴葉訝異地注視玲奈。

玲奈瞥琴葉一眼，將兩片藥錠含進口中。

「那是什麼藥？」琴葉問。

「預防傷口化膿。」玲奈的手伸向寶特瓶。

「不能吃藥配茶喔。」

然而，玲奈神色不變，舉起那瓶烏龍茶仰頭喝下。吞下藥後，她低聲問：「妳們家從祖父母那一代就一直住在鄉下老家吧？」

「我嗎？為何這麼想？」

「藥品中的鐵劑與茶中的單寧酸產生反應會妨礙吸收，這是以前的事。會把早不管用的知識全當成寶繼承下來，顯然是在鄉下成長且家庭關係不曾大幅變化。總之，就是井底之蛙，沒有知識。」

這種諷刺的說話方式與姊姊一模一樣，琴葉忍不住想回嘴。「前輩是不是去做核磁共振檢查一下腦部比較好？」

「不需要。我沒失去意識，也沒嘔吐。」

「妳把白紙冰進冷凍庫，有什麼理由嗎？」

玲奈嘆氣，「聽過百樂魔擦筆嗎？」

「百樂……啊，我看過廣告，可擦掉寫下的字。」

「烘乾也可使字跡消失。三種色素成分組合成的墨水，會因摩擦生熱變透明。超過六十五度的熱度會讓顏色消失，相反地，降到零下二十度就會恢復原狀。」

琴葉掩不住驚訝，「那剛剛就是……」

玲奈打開冷凍庫，拿出便條紙。上頭清楚浮現一行疑似電子郵件地址的文字：yoshi@abil-pi.co.jp。

琴葉一句話也無法反駁，羞愧低喃：「對不起。」

「放在岐部胸前口袋的是魔擦筆，平時大概用來寫備忘事項。雖然是市售品，但能輕易隱藏祕密，對偵探業來說很方便。」

原來如此，琴葉佩服地繼續道：「要是有時間調查屋裡的物品，搞不好能釐清更多事實。」

玲奈並未表示贊同。「那是經過僞裝的屋子，哪會找到什麼有價值的東西，翻找過岐部的口袋就夠了。」

玲奈依然一點都不親切，不過性格似乎不粗暴。在那種狀況下還能冷靜思考，實在令人意外。

玲奈操作起智慧型手機。琴葉從旁望向液晶螢幕，發現她在輸入電子郵件地址。但她不是要寄信，僅在Google搜尋引擎輸入網域名稱：abil-pi.co.jp。

搜尋結果跳出來，第一條是「阿比留綜合偵探社」。

「搞什麼……」玲奈離開廚房，走向客廳沙發。「原來是這樣。」

「什麼意思？」琴葉追上前問。

「沒事。」玲奈在沙發坐下。

琴葉坐到她旁邊，極力表示：「身爲反偵探課的後輩，我必須努力學習。」

「幫妳上課又能怎樣？」

「只要學過我就會牢牢記住。看到全白的便條不會馬上丟掉，只有茶可喝的時候也會拿來配著呑藥。」

不知爲何，玲奈的側臉浮現爲難的神色，嘆息道：

「聽著，從現場狀況就能察覺。無論岐部或關山偵探事務所的人，都沒聰明到能夠設下那麼精密的陷阱，也沒有人脈能僱用林原與他妻子、服務生三個幫手。」

「桐嶋前輩說，可能有人從旁指點。是別家事務所的人嗎？」

「不可能，我很清楚那票人多愚蠢。擬定作案計畫的是其他偵探。」

「就是剛剛的郵件地址那家？」

「阿比留綜合偵探社，由於社長阿比留佳則深受警視廳信賴而聞名，常在電視上露臉。妳沒聽過嗎？」

「沒什麼印象。」

「大概他好歹是個名人，無法直接下手，就花錢僱用沒加入協會的關山偵探事務所，藉他們的手犯案。」

「阿比留與反偵探課有仇嗎？」

玲奈的神情一暗。「問題就是……我毫無頭緒。過去我也不曾跟他扯上關係。」

「眞奇怪，他有必要對紗崎前輩設下陷阱嗎？」

「考慮到選在這個時間點打擊反偵探課，多少看得出阿比留的意圖。明天他八成有一件不想遭到妨礙的大工作，怕行騙手法遭同業看穿。究竟要去哪裡做些什麼？直接調查是最簡單的方法，也可一早就跟蹤他。」

這樣的思考肯定合情合理，但琴葉非常在意一點。「那個郵件地址會不會一樣是陷阱？」

「不。」玲奈沉著地輕聲解釋。「我不認爲岐部早料到會反遭打倒，甚至被搜口袋。經歷過生死關頭，就會明白。」

琴葉原以爲與玲奈之間稍微縮短的距離，一下又拉開。

即使並肩坐在同一張沙發上，她與玲奈依然是天差地別。玲奈早將暴力納爲日常的一部分，連在這種非常識中的常識都與琴葉有所區隔。

像這樣兩人獨處時，便能隱隱看出只大琴葉三歲的玲奈溫柔的一面，而運動衫下玲瓏有致的理想身材，看在同性眼裡也十分嚮往。只是，留在玲奈渾身上下的傷口與瘀腫，總無情地提醒琴葉發生在白天的現實。

疑問不斷湧現。究竟是什麼鞭策玲奈走到這一步？

然而，開口發問的卻是玲奈。「有件事想問妳。」

「咦，」琴葉連忙回應，「什麼事？」

「妳還不打算辭職嗎？」

琴葉說不出話。她不覺得玲奈會接受隨便的回答。

她確實該馬上提出辭呈，離開這種職場。如果想做個正經人生活下去，就不該跟這樣的業界有所牽扯。實際上，直到剛才她都強烈希望能辭職。

可是，每當面臨下決定的時刻，琴葉都會心生猶豫。不知為何，她覺得延後判斷能換來安穩生活，甚至想晚一點再質疑自己。

琴葉放棄思考，急忙答覆：「我要堅持一陣子，反正不去現場就是安全的。」

玲奈的反應非常細微。她輕哼一聲，琴葉無法區辨真意。帶著依然憂鬱暗淡的神情，玲奈起身默默離開客廳。

琴葉內心一陣後悔。幹嘛不說要辭職？又沒有任何人期待她。就算找不到其他工作，也沒必要待在遊走法律邊緣的人身邊吧？

明明發現錯誤，卻故意踏上不能回頭的道路，這樣的思考方式實在太過愚昧。假如琴葉是在尋求可代替姊姊的依賴對象，玲奈不可能是她要的答案。

12

縱然任職於警視廳搜查一課，一介警部補的薪水與同期同齡的派出所員警並無差別。

非國考出身，即將二十九歲的窪塚悠馬沒特別不滿。他感冒的是警界的風潮。

比方，偵訊透明化。偵訊人員只不過稍微拉高嗓門，就遭指責爲逼問口供或脅迫，訊問嫌犯的難度因此增加。

近來還有一個他不樂見的傾向，就是警方不主動出擊，而是將民間人士的調查內容運用在辦案過程中。由新聞媒體先行報導，坐待民眾提供情報的態度十分刺眼。這一陣子，甚至開始傾聽調查公司的意見。

身處辦案費用益發吃緊的第一線，只能接受這樣的時代潮流。上司這麼解釋，窪塚無法信服。雖然涉及民事問題，但連牽涉到前警視廳副總監意外身亡的案件，都容許偵探業者介入未免太異常。

他忍不住認爲，正因民眾將「偵探」這個職業尊爲比警方可靠的案件承包人，這個嚴重的誤會造成影響。有識者能區分虛構故事與現實的差異，但大眾則非如此。一出現將偵探捧為知性職業的專題節目，觀眾就會毫不懷疑地照單全收。

現在警界高層人士竟全體出動，請教可稱為媒體寵兒的阿比留綜合偵探社社長——阿比留佳則的意見，窪塚覺得簡直沒救了。

亡故的津島修造副總監居所，位於澀谷松濤的幽靜住宅區。這是一棟都鐸式建築的豪宅，一樓是天花板挑高的寬廣大廳，設有非裝飾品的正統暖爐與壁爐架。陽光從上下推拉式的窗戶照進來，在波斯地毯上拖曳出長長一條光帶。

窪塚很快對籠罩室內的做作氣氛感到厭煩。然而，包括現任副總監與參事官在內，多達三十人以上的相關人士到場，他不能表現出明顯的批判態度。況且，直屬上司在他身旁。

室內擁擠得極不尋常。阿比留綜合偵探社的三十六名職員全數到場，這純粹是為了見識社長的華麗登臺，或出於與警界高層的會面中一個人也不能少的使命感，理由不得而知。真是奇妙的場面，官方與民間兩批人馬在並非宴會的場合齊聚一堂。

主角稍遲才登場。四十六歲的阿比留佳則較電視上看起來瘦小。儘管體型瘦削，或許下巴寬闊，給人的印象比實際更壯。他有著像音樂家一樣微捲的黑髮，及睜得老大的金魚眼。鬍子刮得乾乾淨淨，嘴角總是上揚，或許是他用來表示親切的方式。他穿著質料良好的灰西裝，搭配沒打領帶的禮服襯衫。

阿比留站在屋子中央，格外恭敬地行一禮，低聲開口：「勞煩各位聚集於此，眞是萬分惶恐。接下來我將針對這件委託進行說明。」

窪塚陷入彷彿在看電視的錯覺。眼前的男人積極擔任談話節目的特別來賓，透過這些活動，將「偵探」的定義推近推理小說中的角色。根據他的說法，似乎是基於提高偵探業地位的遠大目標。他總大肆宣傳自己協助警方調查、引導破案，實際上不過是提供民事案件方面的情報罷了。不知透過何種高超的自我宣傳與神奇力量，此刻連前副總監宅邸都化爲他的劇場。

阿比留靜靜說明：「二〇一四年四月二十二日，津島前副總監永眠。由於在浴室發現他意外身亡的遺體，警方有必要介入調查，但根據驗屍結果已判斷並非他殺。不過，當初在結果明朗前，警視廳向敝社提出委託，希望我調查在協議遺產繼承的眷屬中，哪一位在民法上擁有繼承權。」

窪塚知道來龍去脈。在前副總監的親兒子與同居人之間，爲了繼承問題產生對立。考慮到他殺的可能性，原先認爲釐清哪一方擁有繼承權，是探索嫌犯動機的重要情報。

然而，警方無法插手民事問題。律師主張死者立有遺囑，兒子提出異議，導致狀況一片混亂。徵詢頂頭上司的意見後，專案小組決定委託阿比留。

不久判定這不是他殺，但警方不樂見前副總監的醜聞懸而未決，於是，儘管此案屬於民事範圍也沒抽手，只求盡早解決，造成警方不得不依賴阿比留佳則的調查能力。

宛如由偵探擔任主角的故事情節，相關人士全受邀前來。淺坐在扶手椅上的和服婦人是死者的同居人柳野千尋，坐倚在沙發上的中年西裝男子是死者的親生兒子津島雄一。

推理劇的舞台已備妥。真虧阿比留能將這個機會利用到極限，窪塚有些受不了他的作派。

「遺囑寫明這棟房子與土地全由千尋夫人繼承。然而，死者的親兒子雄一先生主張自己擁有繼承權，據他所說，故津島先生曾親口告知。順帶一提，故津島先生將遺囑所在地儲存於電腦中的日記，兩位當事人都知道。上述內容都正確無誤吧？」

聽著阿比留的話，千尋和雄一點點頭。兩人並未直視對方，視線斜斜交錯。

「很好。」阿比留打手勢指示社員，接著一台筆記型電腦送過來。「經過調查，在這台電腦沒找到相關紀錄。親筆遺囑在故津島先生的顧問律師手上，根據筆跡鑑定爲眞遺囑。考慮到以上事實，可認定繼承權屬於千尋夫人。」

雄一的表情轉為陰鬱，千尋浮現安心的神色，但還不至於露出笑容。

阿比留在千尋面前停下腳步。「不過，有件事想問千尋夫人。以前您曾針對往生者的習慣作證，說津島先生個性一板一眼，看到時鐘便會以秒為單位校正，成為他每天的慣例。」

千尋再次點頭，「沒錯。」

「問題就在這裡。」阿比留指向電腦。「二〇一四年六月十八日，警視廳鑑識人員檢查過這台電腦，根據當時的紀錄，內建時鐘快了一分十六秒。現在這台電腦的內建時鐘顯示的依然不是正確時間。依主機板內的鈕扣電池狀態判斷，快的話四年就會沒電，不過這台電腦的零件沒舊到這個地步。」

千尋的神情漸顯不安。「不好意思，修造平常不會將電腦連上網……也沒設定與網路時間同步。我想從他過世的隔天起，時鐘誤差就愈來愈大。」

阿比留泛起別有深意的笑容。「沒錯。電腦以石英振盪器產生的頻率運作CPU與迴路。時鐘同樣會運用到石英，但品質不一，無法維持正確時間，所以電腦內建時鐘誤差大到跟電子鐘完全不能比。目前我說的您都能理解吧？」

「是的……」

「可是，時間並非變慢，而是變快。這是爲什麼呢？電腦時鐘明明設計成絕對會變慢。」

緊張的氣氛在室內蔓延。千尋似乎說不出話，回望阿比留。

清清嗓子，阿比留繼續道：「爲了避免因同步造成時間自動修正之際留下重複的紀錄，電腦時鐘設定成時間不會愈走愈快，與平常是否保持網路連線無關。這不是故津島先生的電腦，僅是將備份的隨身碟裡留下的日記、電子試算表等資料夾複製過去的代用品。津島先生原本的電腦以只有當事人知曉的密碼鎖著，我認爲一切都是害怕眞正的遺囑被發現的千尋夫人動的手腳。」

眾人一片譁然，千尋的表情僵硬。

另一台筆記型電腦送到阿比留面前。「這才是故人平常眞正使用的電腦，被藏在閣樓的收納櫃。根據警視廳鑑識科的調查，驗出故人的指紋。解鎖後，從日記裡找到另一位律師的名字，就是茅場町的秋本陽司律師，故人將一份遺囑交給他保管。」

阿比留從懷中取出文件，高高舉起。「這份遺囑的日期，比之前確認過的遺囑晚兩天，法律上後立的遺囑才具有效力。內文如下，由兒子津島雄一繼承以下不動產：東京都澀谷區松濤三丁目6號，也就是這裡。下一條是，柳野千尋繼承以下銀行保險箱中的物品：東京東和銀行澀谷分行，保險箱編號1417。基於這是特例中的特例，我還是請兩位律師與搜查一課課長同行，確認該保險箱。」

社員拿起帶來的箱子，將物品全倒在桌上。包括一小把零錢與幾張紙鈔，其中混雜著五千圓和千圓鈔票，及幾件骨董玩物、高跟鞋和珍珠項鍊，僅僅如此。

阿比留沉著的話聲響起：「根據推測，這些應該是千尋夫人一直留在故人身邊沒帶走的物品。對於故人的遺志，不應發表個人意見，我的話到此爲止。」

沉重的靜默籠罩現場。千尋全身僵硬，眨也不眨眼，雄一明顯笑逐顏開。兩人都沒開口。

現任副總監轉身步向門口，參事官尾隨在後。警界人士保持沉默，紛紛離場。沒人爲現實中這齣推理劇的落幕拍手或喝采，唯有糟糕的餘味與冰冷徹骨的空氣殘留。然而，阿比留浮現滿足的笑容，示意職員準備離開。

在眞相大白的此刻，一點都不想聽遺族之間有什麼談話，這就是窪塚的感想。兩人以毒辣言詞應酬到最後，以同居人的嗚咽收尾——很容易就能預料到這樣的結局。

轉身離去的前一刻，窪塚瞥向阿比留。

那得意洋洋賣弄知識的模樣與做作的舉止，全讓人不愉快到極點。可是，調查的正確性沒有懷疑的餘地，每一個重要環節都會扯上警方，由警方做確認，這種狡猾之處也很出色。而且在警方高層面前，他毫不畏怯。

警視廳至少會致贈一只紅包，在阿比留眼中肯定價値千金。這在他時時想提高的偵探權威上，又增添一筆有效的彪炳戰功。

13

前任警視廳副總監的遺產繼承問題解決後，經過一個星期。

天空與街道全染上一層灰，東京都心下著雨。雨滴大得與半融爲水的冰雹沒兩樣，拍打在車窗上。赤坂路的人行道上開起無數傘花，川流不息。

坐在賓士S600L後座的阿比留佳則收回視線，望向手邊的文件。那是每月調查案件數與實際營業額的報表。

對警方而言形同醜聞的繼承問題順利處理掉，沒有任何報導，世人並不知曉阿比留破案的功績。

但是，這樣就好，阿比留想著。賣個人情給警界會成為重要的基石。即使是僅具中等規模的偵探業者，也會與當地律師工會或轄區警署打好關係。何況，這次建立交情的是副總監與參事官。對他們來說，我的貢獻已成了精神面的恩惠，比什麼都有用。

「這麼一提，這個月光在都內就有三家偵探社受到停業處分。要通知那些中小型業者避免進行引人注目的活動嗎？畢竟是重要時期。」司機瀨川開口。

「瀨川。」阿比留冷哼一聲。「在世人眼中，偵探與血型性格分析一樣。就算極少部分的人保持理性，親切仔細地說明實際狀況並非如此，愚昧又不願求知的群眾也不會改變先入為主的看法。他們天真地享受偵探出場的兩小時電視劇，根本不明白偵探業真實的面貌，只留下來自電視劇的印象。當他們捲入麻煩，就會自顧自把偵探當成解決問題的權威，仰賴我們的幫助。我們扮演他們期望的偵探就好。」

「原來如此，我會銘記在心。」

源於偵探業法的認可讓大眾產生錯覺，以為偵探是擁有特權的職業。阿比留的社會地位日漸穩固，生意一帆風順。

車子從赤坂路轉進狹窄小巷，慢慢開上陡坡。阿比留望向手表，快下午一點。他在前頭的料亭有一場聚餐。

車子忽然停下。阿比留望向前方，一道人影擋住去路。瀨川按響喇叭。用不著細看就知道是誰。那年輕女子傘也不撐，佇立在道路中央。一頭烏黑長髮濕透，蛋糕連身裙吸飽水，緊貼住肌膚。

阿比留打開車門，「瀨川，留在原地。我不需要傘。」

踏出車外，冰冷的雨傾注而下。阿比留悠然走到賓士前方，一股複雜的情感湧上心頭。在煩躁與厭惡中，摻雜著好奇與愉快。阿比留先對紗崎玲奈一笑。

這是第一次見面，之前他只看過玲奈照片上的模樣。本人比照片年輕許多。正確來說，是更稚氣，簡直是逞強的小丫頭。即使如此，容貌仍十分出色。像穿著衣服游過泳的她，擁有豐滿的胸部與纖細的腰，及一雙柔嫩長腿。阿比留上下打量，這是能賣錢的肉體。

秀麗的容貌也性感十足。靠近一看，可發現她臉上留有淡淡腫痕。

阿比留一樣任大雨淋濕自己。「聽說有人冒用我的名字，寄可疑信件給好幾位相關人士，試圖問出我的行程或所在地。寄信人的郵件地址也是我的。妳對郵件的標題檔動了手腳，改寫了寄信人欄吧？竟然有笨蛋真的聯絡妳。拜那笨蛋所賜，我才會被妳擋住去路。」

玲奈依然一臉坦然。「不問我怎麼知道你的電子郵件地址嗎？」

「委託關山偵探事務所這種小公司，是我最需要深刻反省的一點。他們還氣焰高漲，說是跟妳算清舊帳的機會，卻沒在預定的日子解決妳。」

「自導自演偵探故事提高評價眞幼稚，而且你的計畫是失敗的。本該從前副總監的兒子手中收到的謝禮不會匯進去了，警視廳的相關人士也會撤回對你的賞識。」

「沒想到會從高中畢業的二十一歲小女孩口中，聽到副總監和警視廳之類的詞。最好克制一下妳的謬論，否則只會讓人覺得妳沒大沒小。」

玲奈無視阿比留的忠告。「你說電腦的內建時鐘絕對會愈走愈慢，聽起來很有道理，但實際上，就算死者習慣將時鐘精準校正至秒，仍沒證據顯示他會校正電腦時鐘。」

阿比留哼一聲。「死者曾將遺囑所在地寫進電腦中的日記，卻沒找到。或許純粹是記錯，或許是沒存檔，但他的兒子雄一認爲可利用這一點。於是，他宣稱死者生前常用的是另一台電腦，委託我僞裝遺囑內容。」

玲奈冷冷注視著他。「這是自白？」

「不，我只是試著猜測妳的想法。故事中偵探揭露眞相的過程，在造成他人深刻印象的意義上，構築得實在非常巧妙。比起一般人，對警視廳的搜查人員更有效，他們正是偏誤最嚴重的一群人。關於內建時鐘也一樣，在我說明途中搶先做出推理，聽完我的話就輕易信服。加以希望前副總監的醜聞盡快畫下休止符的念頭幫了忙，他們很歡迎一腳踢開同居人的結論。」

「千尋夫人沒反駁，是認爲在你周密的計畫下說什麼都沒用，於是放棄。那個人的反應在你的預料中吧？畢竟欺騙、陷害他人是你的拿手伎倆。」

「縱使警方產生懷疑，也無法介入民事案件。」

「如果是以假物證扭曲事實，便是不折不扣的刑事案件。」

「不過，新發現的遺囑已鑑定爲死者親筆。」

「那大概是死者在兒子的催促下所寫，沒標明日期，還沒產生法律效力就廢棄的遺囑吧。之後，死者寫下眞正的遺囑，內容是由千尋夫人繼承家產。然而，你僱用的僞造筆跡專家在無效的遺囑後頭增補日期，比原本的遺囑晚兩天，企圖讓那封遺囑在法律上具有效力。」

「那麼，妳是主張針對日期再次鑑定，就能證明是別人所寫吧？不好意思，這沒什麼意義。筆跡鑑定不是魔法，光靠幾個漢字和數字難以明確判定眞僞。」

「雖然可疑，也無法推翻這個狀況。一切如你所願。」

「所以，妳是不認輸還嘴硬嗎？」

玲奈默默遞出一張照片。

接過的瞬間，阿比留遲來的警戒心油然而生。這張黑白照片是鑑識科留下的證物紀錄，拍攝的是保險箱的內容物：骨董玩物、高跟鞋、珍珠項鍊、錢幣與紙鈔。不知爲何，五千圓鈔票上有紅色麥克筆做的記號。

他不清楚其中的含意，但照片在玲奈手中，表示她已接觸過警界人士。

「二〇一四年四月二十二日，津島前副總監永眠。」玲奈低語。

阿比留凝視照片半晌，恍然大悟，忍不住將照片狠狠一甩。短短幾秒之間，他仰望著天空，冰冷到令人不快的雨滴落到臉上。

阿比留的目光回到玲奈身上，玲奈沉默望著他。

在五千圓鈔票左下方，光影變化箔膜的透明層並非呈現一直以來的橢圓形，而是長方形。記號與號碼也非黑色，而是褐色。差異雖小，但這是二〇一四年五月十二日後發行的新版五千圓鈔票。

阿比留想起，負責僞裝保險箱內容的非協會偵探曾得意洋洋報告，順利收買銀行職員，假造成保險箱是死者生前租借。還有，只放進老女人的小東西，特地收藏在保險箱不自然，所以稍微添加一點現金。

感受著口中蔓延的苦味，阿比留將照片塞還給玲奈，嘀咕著：「腦子靈活的工作人員太少了。」

建議鑑識人員調查歸爲民事案件的故人保險箱的，就是玲奈吧。她肯定提出充分的狀況證據，讓警方承認其中確實有疑點。

「可惜，妳做的一連串眞相調查，僅僅是透過收集情報、懇求警方，及我僱用的業者粗心失誤得來。我認同妳這個小丫頭的努力，只是，如此稱不上是偵探的推理。」阿比留諷刺道。

「現實中的偵探不會解謎。」

眞是不知天高地厚的發言，阿比留怒火中燒。

話雖如此，他並未感受到迫切的危機。假如認定他詐欺，警察早就找來。「不過，這把火不會燒到我身上。」

「沒錯。警方判斷改寫遺囑是死者兒子一人所爲，以涉嫌僞造文書罪申請逮捕令，沒提到你的名字。」玲奈低語。

「實在遺憾。」

「你威脅過死者兒子，絕不能透露你們的關係吧？即使遭到逮捕也不准說出口，敢洩漏就殺了他。最後，你僅僅被當成落入詐欺犯的圈套，表演搞笑推理的偵探。雖然招來警方恥笑，但得以平安無事。恭喜。」

眞是每一句話都能惹惱人的小丫頭。「反偵探課是個有趣的部門，我們公司乾脆也成立好了。」

「首先該調查的就是社長吧。早點離開這條歪路如何？」

「妳不只當上偵探，還將同業視爲敵人，是爲了祭奠妹妹嗎？」

玲奈臉色一沉，眼神彷彿看著噁心的事物。

阿比留哼一聲。「不要那麼凶。既然想排除妳，調查妳的背景是理所當然。」

玲奈流露混雜著憤怒的複雜神情，忽然別開目光，轉向賓士後方。

順著她的視線望去，隔著賓士車頂，看得到紅色警示燈閃爍。車子停著不動，擋住巡邏車，員警想必很快會來問話。賓士駕駛座上，瀨川一副手足無措的模樣。

這幾天巡邏車頻繁出現。不單如此，上空冒出轟然巨響。直升機在烏雲下方盤旋，從水藍機體看得出屬於警視廳航空隊。

「看來，警察沒閒到對我們的小小衝突感興趣。」阿比留悠哉斷定。

玲奈瞪著阿比留，隱約帶著一絲退縮。或許是她前來提出警告，氣勢卻贏不過他，察覺身為一個小丫頭的極限。

恐怕是覺得難以繼續堵在小巷裡妨礙通行，她轉身跑上坡道離開。

目送著玲奈的背影，驕傲的感覺回到阿比留心中，也湧起一股怨恨。反偵探課……不能放任這個胡鬧兒戲的小丫頭囂張下去。

阿比留繞過賓士車身，走近後座車門，雨水化為白色噴霧包圍著他。無視來自巡邏車的視線，他暗想著，要是敢靠近盤查，就動用所有管道讓他們丟飯碗。

14

在須磨調查公司的辦公室中，峰森琴葉佇立窗邊，望向百葉窗外。

雨下午就停了，時間已過五點。夕陽穿透潮濕的空氣，染紅汐留的商業區。然而，眼前景色與沉靜相去甚遠，直升機的巨響毫無間斷，不時夾雜巡邏車的警笛聲，不停在路上奔馳而過的警示紅燈十分醒目。

一旁有人走近。琴葉轉頭，看到須磨康臣同樣眺望著底下街景。幾道皺紋在已有歲月痕跡的眼角聚集。

「奇怪，」須磨嘀咕，「最近常看到巡邏車，及警方的直升機。新聞沒報導任何案件，似乎也不是哪個重要人物訪日。」

「聽說偵探會與警署的人打好關係，難道不能問出內部情報嗎？」

「我們是民間人士，警方不能隨便透露情報。接受正式委託後，在調查的過程中陷入僵局，才會倚賴這條人脈。當然，認識的辦案人員不見得會為我們做什麼，沒下文的情況占壓倒性多數。」須磨苦笑。

「他們那麼無情嗎？」

「警察和律師沒有幫助我們的道理，洩密違反他們的職務規範。比起偵探業者，媒體更熟悉警方的動向。」

此時，背後傳來桐嶋的話聲：「就算與記者攀上關係，記者往往對負責的新聞線以外的情報毫不關心。到頭來，還是只能踏踏實實收集情報。」

琴葉的不滿日漸累積，深深感到與外頭世界的隔閡。她從早到晚只能待在辦公室，玲奈外出後就不見人影，根本沒人聯絡反偵探課。不僅在辦公室，連在社會上也遭到孤立。這樣的處境眞可悲，令人鬱悶到極點。

「反偵探課有客人。」一名女職員通知。

訝異地望向走廊，琴葉大受衝擊。

以前不認得的阿比留佳則，近來已烙印在她眼中。現下本人突然登場，那對瞪得大大的眼珠子環顧辦公室，嘴角掛著微笑。他的領帶沒繫緊，打扮得有些正式又輕鬆。公司內瀰漫著異樣的緊張氣氛。須磨走上前，向他點頭致意。「阿比留社長，初次見面，我馬上拿名片過來。」

「不用了，」阿比留舉起一隻手制止，「這麼鄭重的問候就省省吧。須磨社長，我時常想前來拜訪，遲遲找不到機會。」

「您找反偵探課有何指教嗎？」

「是啊，今天我遇到紗崎玲奈小姐。」

「哦，紗崎啊。兩位在哪裡遇見？」

「我以爲您知道。」阿比留的臉上留有笑意，卻突然目露精光。「我本來認定是您在背後指使。」

須磨的眼神銳利，言詞依舊沉著。「咦，可是我沒收到任何報告。」

社長在裝傻，琴葉努力維持表情。針對阿比留介入的前警視廳副總監遺產繼承的問題，玲奈這陣子一直在收集情報，並且報告過好幾次，須磨理應知情。

然而，須磨並未特別提供支援，也沒阻止玲奈的行動，始終保持「只要沒遭到舉報，隨妳自由行動」的放任態度。

即使如此，阿比留直接找上門肯定出乎須磨的預料。琴葉不禁心跳加速。

自從目睹突如其來的暴力場面，琴葉一直過著心神不寧的日子。尤其是阿比留那雙焦點飄忽不定的金魚眼，不斷挑動她的不安。想到他可能突然發動襲擊，琴葉就無法鎮定。

阿比留望向天花板垂掛的反偵探課名牌，接著視線移到部門的辦公桌，及站在一旁的琴葉。

「妳是……？」阿比留問。

琴葉無法順利發出聲音，她滿心焦慮，好像快要過度呼吸了。

須磨伸出援手，向阿比留介紹：「她是剛進公司的新人，在反偵探課擔任實習助手。」

「哦，」阿比留露出駭人的笑容，「這樣啊，反偵探課增加爲兩個人。今後請多多指教。」

帶著無法克制的顫抖，琴葉低頭行禮，費好大的勁才擠出一句：「您好……」

阿比留的手伸進懷中。琴葉怕到動彈不得，但他拿出的是名片夾大小的盒子。只見淡藍包裝紙上綁著緞帶。

遞出盒子後，阿比留囑咐：「麻煩轉交紗崎小姐，聊表我的歉意。」

「咦？」琴葉愣愣接過小盒子。

阿比留冷不防轉身步向走廊。或許是玲奈不在，他無話可談。

須磨跟上去送客，已無應酬的溫和神色，警戒地保持幾步的距離，彷彿在跟蹤。

辦公室內緊繃的氛圍隨即消散，琴葉嘆一口氣。

最令她驚訝的，是職員的適應速度。像是阿比留不曾造訪，眾人開始閒聊、打電話、使用電腦，桐嶋早就走向咖啡機。

那份威脅還留在琴葉手中。她顫聲向桐嶋求救：「這會不會有問題，是不是毒藥或危險物品？」

桐嶋一臉泰然地拿起咖啡杯。「果眞如此，阿比留社長不會親自造訪，在眾人面前交給妳。」

「或許沒錯，」琴葉一心想把這東西交給別人，「但要是竊聽器怎麼辦？」

啜飲一口咖啡，桐嶋朝櫃子方向抬抬下巴。「我們也承辦偵測竊聽器的業務，器材很齊全。最上面那層是電場強度計，第二層是高頻電磁波測量儀。說明書全收在檔案夾。」

事到如今，用不著桐嶋介紹，琴葉整整一週都待在辦公室，對公司用品足夠熟悉。她什麼都知道，也曉得其實竊聽器就藏在上鎖的收納櫃中。

桐嶋似乎沒注意到琴葉不滿的表情，拿著咖啡杯快步走回辦公桌。

這裡的職員適應力都太強了。難道不只是不肖業者，偵探事務所根本與黑道事務所沒兩樣？

拿著襲擊玲奈的幕後黑手阿比留的禮物，琴葉忐忑佇立原地。好懷念與姊姊一起住的日子。光是回憶，她就忍不住想哭。

天黑後，琴葉搭乘港灣未來線到元町中華街站與玲奈碰面。

玲奈找琴葉出去，是要她拍下這一帶的照片。坐在玲奈駕駛的日產Skyline副駕駛座，琴葉不停按下單眼相機快門。霓虹燈管讓精緻的中華風裝飾閃爍著色彩斑斕的光芒，她接連拍下來吃晚餐的觀光客絡繹不絕的街景。

原以爲是關於阿比留的調查，看來不是。據玲奈解釋，中華街與新大久保等大量外國人居住的地區，不良偵探業者的寄生率很高。這是因爲有對身分不明的外國勞動者進行調查的市場需求，加上脅迫非法滯留者的機會頗多。當然，從委託人手中騙取高額調查費用，再恐嚇強奪調查對象的全部財產，就是不良偵探的謀生方式。

常常看到巡邏車，或許是加賀町署就在附近，但跟在東京都內一樣，似乎進入某種警戒狀態。

繞了一圈，玲奈駛出中華街。差不多了吧，她嘀咕著。「等我檢查照片，發現認識的人再追蹤動向就行。」

「玲奈姊，」不知何時，琴葉開始這樣稱呼前輩，「妳定期做這種事嗎？」

「畢竟反偵探課的工作就是盯緊偵探。」

儘管危險的工作背景仍隱然可見，在夜晚的橫濱兜風仍是轉換心情的好方法。不知爲何，轉動方向盤的玲奈側臉顯得很可靠，兩人獨處感覺特別愜意。她想起姊姊彩音也不太講話，總默默開車。

早上離開公司時，玲奈穿的是連身蛋糕裙。她大概回過宿舍一趟，換成下襬較長的開襟毛衣與及膝裙。琴葉已學到，一天內更換數次服裝對女性偵探業者特別重要。公司名下都是二手車，車款一應俱全，想必是基於相同的理由。她沒看過玲奈重複開同一輛車。

在大棧橋上，看得到港灣未來區的霓虹燈群，隔海綻放幻想般的光輝。不斷變化的摩天輪顯得格外美麗，無論橫濱海灣大橋或橫濱海洋塔，所有燈飾都光彩奪目。

琴葉陶醉在這片風景中，玲奈靜靜開口：「有沒有收到來自外頭的聯絡？」

琴葉驀然回神，注視著玲奈。「呃，跟我在簡訊中寫的一樣，阿比留來到公司，留下禮物給玲奈姊。」

「這我知道。還有嗎？」

「其他沒什麼事。」琴葉打開提包，拿出還沒拆緞帶的小盒子。「這是阿比留的禮物。」

看到盒子，玲奈微咬嘴唇。

她加快車速，望著前方，語帶責備：「幹嘛帶來？」

「……他要我轉交給玲奈姊。」

「隨身攜帶那東西到處走，妳沒想過盒子裡裝什麼嗎？」

「我確認過沒有竊聽器，應該不要緊。」

玲奈在十字路口轉彎，奔馳在空曠的路上。她不斷查看後照鏡，俐落吩咐：「我會在車站附近減速，製造自然停下的時機。妳立刻下車，搭電車回去。不要再進公司，直接回宿舍。」

「請問，」琴葉一臉困惑，「這是怎麼回事……」

「既然沒偵測到竊聽器的電波，盒子裡只可能是一樣東西，就是常裝在小學生書包上的機器。」

怎麼會？琴葉背後竄過一股寒意。ＧＰＳ追蹤器，用電腦或智慧型手機連上專用網站，地圖就會顯示目標所在地。

「爲何這樣斷定？」琴葉惶恐地問。

「可見的範圍內沒人跟蹤，以爲對方沒發現我在橫濱，但我錯了。純粹是他在監視我的行蹤，沒必要接近。」

「我們一直遭到追蹤嗎？」

「把裝在書包上的ＧＰＳ盒子打開，便會發射出訊號，並且在螢幕上顯示訊息。那個禮物也一樣。要是打開小盒子，對方會立刻拉近距離進行襲擊，這是妳和我見面的證據。」

琴葉的心跳劇烈起伏。她的情緒激盪，不只是不安，也伴隨著懊惱，淚水不由得湧到眼眶。「對不起，我不該帶來。」

「不要緊。」玲奈溫和低應，「不是妳的錯。」

開到橫跨河流的首都高速公路高架橋一帶，靠近谷戶橋十字路口處，車子轉向中華街東門。玲奈故意駛入有些堵塞的車陣，製造出放慢速度的機會，迅速交代：「目前沒發現跟蹤車輛。妳解開安全帶，等我一停就馬上下車。妳左手邊Escale橫濱飯店的前方有地下鐵的入口。」

「玲奈姊……我跟妳一起走。」

「別說傻話，只要我們分開，妳就不會有危險。我在三秒後停車。提包拿了嗎？下車！」

琴葉聽到自己發出不知是嗚咽還是悶哼，打開車門衝出去。心頭的掛念仍揮之不去，她有股回頭的衝動，最後決定遵從玲奈的吩咐。她穿過車道，奔向地下鐵的入口。背後瞬間傳來Skyline如風般加速的引擎聲，琴葉隨即衝下樓梯，尖銳的鞋聲不斷迴響。她以全身對抗風壓，不停往下跑。

擦身而過的人都疑惑地望著琴葉，或許是發現她在哭。明白這一點，琴葉仍止不住淚，不斷遇到生命危險的玲奈太可憐。明明想幫助玲奈，她卻什麼也做不到。

玲奈催動Skyline的油門，駛進本牧碼頭。

在靜謐黑暗籠罩的區域入口，車頭燈照亮「禁止一般車輛通行」的警示牌。實際上，下午六點前不時有車輛擅自進入，六點後C防波堤的門也常敞著沒關。當然，這裡也立著「禁止進入」的警示牌。玲奈無視警告衝進門內。

視野一片黑暗，眼前廣闊的區域都由水泥鋪成，橘色燈光照亮巨大的門型貨物起重機。港口並無船隻停泊，沒有進行中的裝卸作業。停車場停著十幾輛大型拖車，卻找不到任何一個駕駛的身影。

玲奈走近海邊，到處都有緊貼著止衝擋停車的客車。幽暗中，車體輪廓模糊不清，但車內儀表板的亮光讓車子所在位置朦朧浮現。擅自開車進來的似乎大多是情侶，此刻對她來說，反倒是種幸運。四周皆有耳目，準備襲擊的那方也不得不慎重行事。

玲奈背對大海停妥Skyline，從這方向幾乎可環顧整座碼頭。跟蹤車輛需要一段時間才能從門口開過來，一接近就能以肉眼確認。她能馬上發動引擎，也方便逃跑。

玲奈熄火關掉車頭燈，手伸向放在副駕駛座的小盒子。

如果不打開盒子，直接回公司，尾隨的車輛或許不會現形，結束跟蹤。但那僅限今天。明天起，對方同樣會以各種手段監視。不斷想著何時會遭到襲擊，提心吊膽過日子不符合玲奈的個性，陷入被動狀態讓人無法忍耐。她要在此確認跟蹤者的眞面目。

解下緞帶，拆掉包裝紙後，玲奈打開盒子。

盒中躺著預料中的物體，橢圓形的塑膠上ＬＥＤ紅燈閃爍。這下跟蹤車輛就會明白，她在座標顯示的地點。

車子裡一根鐵管都沒有。偵探事務所表面上以行爲正派爲信條，就算主張需要自保手段，公司也不會許可。對此玲奈並無不滿，她是在明知這是黑心企業的情況下進入公司。反正她沒打算依靠勞保。

玲奈注視著遠方的大門，但沒車子開進來，只有一輛情侶的車慢慢駛出。她望向儀表板上的時鐘，已超過七分鐘。

此時，預料之外的狀況發生，轟然巨響急速接近。短短一秒後，大型拖車的前通風柵板正面撞過來。

玲奈立刻理解這個情況意味著什麼。跟蹤者察覺她的意圖，放棄開車進入碼頭，改在大門外下車，徒步進來。根據統計，每八輛拖車就有一輛的駕駛會將鑰匙放進磁鐵盒，貼在車底。跟蹤者找出鑰匙，沒開車頭燈就發動引擎，猛然踩下油門奇襲。

無論分析得再迅速，沒預測到那一瞬間就注定毫無意義。玲奈來不及開門，衝擊力道頓時貫穿全身。她的身體肯定隨車子一起飛到空中，成爲自由落體。安全氣囊膨脹，重重撞上臉。重力的作用使她背部朝下，車子轉成縱向。接著，車體一陣震動，又恢復水平方向。

安全帶陷入兩胸之間與下腹部，痛得彷彿快遭撕裂。玲奈還能平安無事，多虧安全帶在受到衝撞時保護她。話雖如此，她仍未能掌握狀況。近似雷鳴的重低音劃破耳膜，她抬起痲木的雙臂，好不容易活動手指，還需要一段時間才能恢復知覺。

車體格外不安穩，頻頻搖晃。前頭的擋風玻璃並未裂開，側邊和後方的玻璃也一樣。以爲衝擊非常強烈，實際上拖車大概是低速撞過來，車子仍保持密閉狀態。漆黑的水面在車外散發暗淡光芒。玲奈總算明白，車子被撞進海中。水流到她腳邊，車頭下沉，傾斜角度愈來愈大。

即使解開門鎖，也打不開車門，強烈水壓從外部壓迫著車體。電力系統似乎已短路，所有按鈕都沒反應，無法降下車窗。玲奈試著敲擊側面玻璃，卻文風不動。握拳捶打，依然連一條裂痕都沒有。她被關在逐漸沉沒的車內。

玲奈竭力維持鎮靜，回溯學過的知識。之所以無法打破車窗，是承受衝擊的面積太大。

玲奈撕開單邊絲襪的膝蓋部分，脫掉膝蓋以下的部分。她從提包翻找出錢包，拿一把零錢裝進絲襪，固定塞在腳尖處的硬幣綁好，扭成繩狀，做成前端裝有重物、長約三十公分的繩子。她用力甩動製造充足的離心力，狠狠砸向車窗。

車窗瞬間粉碎，海水大量灌入，半固態的水幾近於泥巴。玲奈解開安全帶，身體擠出失去玻璃的窗框，試圖逃離緩緩下沉的車子。

一連串動作不像電影裡那麼順利。玲奈在泥水中喘息，在激烈打轉的車體中顛簸，搞不清自己是往上或往下，只能不斷掙扎。還沒完全鑽出窗框，整輛車子已沉入大海。她拚命揮舞四肢，足踝突然卡住。想抽出腳，撕裂般的痛楚竄過足踝。

玲奈一度探出海面，隨即下沉。她察覺自己已溺水。

不能魯莽地試圖游上去。即使明白這點，玲奈仍忍不住亂踢亂蹬，導致狀況惡化，不小心喝進海水。大概是太疲勞，意識漸漸模糊，她努力按零碎浮現腦中的知識行動。

首先伸直四肢，努力靜止。儘管隨波浪上下起伏，她還是感到身體在仰漂。不能脫掉鞋子，那是浮力來源。她抬起下巴仰望天空。入夜了，什麼都看不見。強烈的海岸氣味鑽入鼻間，這是呼吸順暢的證據。左右攤開的雙手保持在水面下，這樣的姿勢最安定。

不知襲擊者會不會走下拖車確認。玲奈無暇在意，此刻連與沉沒的車子之間的相對位置都推測不出。此時，一個稍大的寶特瓶漂過來，玲奈抱在胸前，可幫忙產生更大的浮力，姿勢稍微失衡也能保持漂浮。

究竟過了多久？腦袋撞到硬物，一道牆擋住去路。玲奈似乎被波浪送到碼頭岸壁。

岸壁理論上不高，感覺卻如陡峭斷崖。玲奈凝目觀察四周，發現協助船舶靠岸的橡膠防舷材，試著抓住，但沒力氣把身體拉上去。她勉強將上半身拉離海面，然而，吸飽水的衣服重如鎧甲，勾著防舷材的指尖支撐不住體重。手似乎破皮了，劇痛竄過的瞬間，她背部朝下落入海中。

玲奈再次挑戰，又被拋進海中，不斷重複同樣的行動。她知道自己在哭，咬緊牙關嘗試一陣，總算領悟技巧。像要攀附住防舷材般，她身體前屈，首度卡穩一隻腳。她藉引體向上的訣竅拉起身體，接著伸出一隻手，好不容易抓住碼頭的止衝擋。

玲奈拚命爬上去，摔倒在水泥地，放鬆到幾乎昏迷。她仰躺著頻頻喘氣，以平復呼吸節奏。

漸漸能夠意識到周遭，玲奈發現拖車停在相當遠的地方，車頭衝到止衝擋外，在差一點就會落下的位置停住。她從落水處橫向漂流一大段距離。

有吵雜聲，不過嗓音相當年輕，應該不是襲擊者。注意到Skyline掉進海中，聚集了些許看熱鬧的人。約莫是原本分散在碼頭各處的情侶吧。

襲擊者將Skyline撞進海中，八成就拋下拖車逃跑。對方不會像電影裡的黑手黨，從容到佇立原地，眺望海面。日本畢竟是法治國家，接獲目擊通報的警察趕過來，不會花多少時間。況且，這幾天不知爲何，警車頻繁巡邏。

實際上，警報聲在遠處尖聲作響。玲奈身旁沒車也沒人影，一片昏暗中，沒人發現她。

不能仰賴警察。玲奈想趁現在離開，卻無力站起。硬逼自己起身，她拖著一隻腳邁出步伐。爲了閃避巡邏車，她繞一大圈迂迴前進。還必須到處躲避照明，藏身在貨櫃後方似乎比較好，但不能久留。員警會拿著手電筒在附近搜索。

在海風的吹拂下，體溫降低，肌膚冰冷徹骨，臉頰滴落的不曉得是海水或淚水。在漆黑的夜色中，玲奈不斷往前走。爲了防止失聲痛哭，她將心靈與情感放逐遠方，拖著空洞的身體一步步行進。

15

聽見門鈴聲，琴葉從沙發一躍而起。時間已超過十點。

她如履薄冰地走近裝在廚房旁的對講機。好不容易逃回住處，她簡直嚇得失了魂，沒辦法承受更強烈的恐懼。

望向監視螢幕，琴葉不由得驚叫。玲奈的臉極爲憔悴，頭髮緊黏在頭皮與額前。等不及應門，琴葉直接按下入口大廳的解鎖鍵。她知道玲奈已踩著虛浮的步伐消失在敞開的自動門後。

還好玲奈沒事，琴葉腦海最先浮現這個念頭，淚水奪眶而出。玲奈經歷何種遭遇？理應帶著鑰匙的玲奈按了門鈴，是不是遺失隨身物品？有沒有受傷？

在焦躁中等待的時間無比漫長，琴葉衝動地要下去迎接，但想到可能擦身而過，就覺得不如乖乖等著。正確來說，其實她怕得不得了，不敢出門。

不久，玄關響起腳步聲。琴葉跑過去，透過貓眼確認玲奈的身影，解鎖開門。

海岸的氣味鑽入琴葉鼻腔，只見玲奈的開襟毛衣和裙子滿是泥巴，像曾全身溼透又自然風乾。她臉龐一片髒污，一邊絲襪撕裂，腳踝纏著布條。跟之前一樣，似乎是代替繃帶的緊急處理。

筋疲力盡的玲奈目光空洞，拖著一隻腳走進屋內。琴葉發現玲奈光著腳，提在手中的鞋子被她扔到櫃子上。

地板留下斑斑腳印，琴葉無心制止。跑去打開通往客廳的門後，她告訴玲奈：「請躺下，我去拿急救箱。」

「不用。」玲奈啞聲應道：「我想先洗澡。」

「妳體力撐得住嗎？」

「還行。打電話給社長，請他通報Skyline失竊。」

「失竊？是被誰……」

「別問這種傻問題。其實是在本牧碼頭沉沒了，妳請他假裝不知情。就說車子傍晚被偷，不知下落。」

從這段敘述可推想狀況多麼慘烈，琴葉只想盡快讓玲奈休息，於是點點頭。「我會轉告社長。妳回來的路上沒遇到困難嗎？」

「在ＰＩ學校學過，要將駕照和一萬圓藏在鞋子裡，妳最好也這麼做。即使是全身散發惡臭的女人，掏出一萬圓，計程車仍會願意載到汐留。雖然是吸飽海水的紙鈔。」

玲奈準備穿過通往脫衣處的門，忽然一個踉蹌。琴葉連忙伸手摟住，支撐著玲奈。玲奈的臉皺成一團，彷彿在忍痛。她喘息般細聲交代：「玄關門的鎖，再去檢查一次。」

寒意籠罩全身，琴葉無法克制不安，低問：

「阿比留曉得員工宿舍在這棟公寓嗎？」

「當然。」

「不過肯定不會有事吧？這裡設有監視器，大門也安裝對講機門禁系統，要是在這裡下手，警方不會坐視不管。」

「假如他有意，不會進入公寓，而是直接縱火。到時他會先剪斷火災警報器線路再犯案，但排水孔會傳出塑膠焦臭，所以要留意這一點。」

琴葉震驚得無法言語之際，玲奈已恢復體力，可站直身子。她脫掉破爛的開襟毛衣與襯衫。儘管上臂與背後到處都有淺淺擦傷，她的白皙肌膚依然水嫩富光澤。

「快點。」玲奈催促。

琴葉一時反應不過來。對了，要聯絡須磨。思考變得有些遲鈍，是看玲奈看得著迷了嗎？她忐忑地回到客廳。

這是必須緊急傳達的消息，琴葉明白該以電話聯絡。她拿起手機，想起還沒儲存社長的號碼。在客廳櫃子上搜尋職員名冊時，她忽然注意到一本小相簿。玲奈連職員的照片都全印出來嗎？

琴葉抽出相簿。封面是淡淡水藍，風格可愛。翻開一看，裡面是穿制服的玲奈照片。看起來感情很好、挨在玲奈身邊的，是個鮑伯頭的國中女生，長得與玲奈十分相似。

16

離午夜十二點還有一段時間，琴葉從大江戶線勝鬨站出口跑上地面。

她溜出公寓，從汐留搭了兩站的車過來，在幾乎沒有行人的河邊住宅區中移動。她第一次到這一帶。接近手機地圖指示的獨棟房屋，她按下門鈴。

雖然有些年代，這棟附車庫的雙層獨棟建築仍十分雅緻。聽說須磨單身，不過以前應該擁有家庭。

玄關門敞開，須磨探出頭。他穿襯衫與西裝褲，隔著琴葉的肩膀張望四周，似乎在觀察有無其他人尾隨。玲奈也常有這樣的舉動。

「請進。」須磨邀琴葉進屋。

「打擾了。」琴葉低頭打招呼，踏入門口。脫鞋處只擺著一雙像皮鞋的帆布鞋。

玄關空間狹窄，但挑高至二樓。接近褐色的微弱照明既溫暖，又冰冷。

須磨鎖好門，轉身面對琴葉。「紗崎沒一起來嗎？」

「她沖完澡就躺在沙發上睡著，似乎很累。」

「所以妳一個人偷溜過來？這樣不太妥當。」

「因爲我未成年嗎？我好歹算是社會人士，應該有行動的自由吧。」

見她流露尖銳的態度，須磨浮現困惑之色。「妳要談什麼？」

出門前，琴葉從宿舍打過電話，請他通報Skyline失竊。但是，琴葉表示想直接與須磨見面。她說，抱歉突然提出請求，但我接下來要去府上拜訪。

琴葉注視須磨。「您不在意玲奈姊的遭遇嗎？」

「我把反偵探課全權交由她處理，一切等她報告。」

「她差點丟掉性命。」

須磨望向琴葉手邊。「妳從那本相簿得知那起事件嗎？妳學會調查的訣竅了。」

「我使用全國國高中生制服資料庫。如同您的教導，確實帶來很大的幫助。玲奈姊就讀濱松北高，一起拍照的女孩就讀濱松蕭山中學。最後幾張沒有玲奈姊的身影，只有那女孩和她的同學，而且是穿豐橋東中的制服。長得與玲奈姊頗像，是她的妹妹吧？」

須磨低聲嘀咕，毫無掩飾的意思：「只要在雅虎搜尋引擎輸入『濱松蕭山中學』和『豐橋東中』，第一個結果就是相關報導。」

這麼乾脆的措詞，就是琴葉想聽到的答案。她一時說不出話，果然如此。

「有一則報導寫到，被害者有個大兩歲的姊姊，她一直期待能再次在新體操全國大會爲姊姊加油。玲奈姊三年前是高中生，時間吻合。」琴葉細聲道。

「紗崎咲良過世時才十五歲。」

琴葉感到一股苦澀的落寞，目光自然落到相簿上。她翻開封面。

有姊妹倆的照片。時節大概是冬季，枯葉在光影中飛舞。玲奈與咲良靠在一塊，圍著同一條圍巾。從那天眞的笑容，看得出咲良由衷仰慕姊姊。玲奈臉上浮現不同於現在的柔和微笑。

還有年紀更小的照片，大概是小學低年級拍的。上頭有父母的身影，約莫是在七夕祈願竹前留下的紀念照。此外，有姊妹各自出示手寫祈願籤的照片。咲良的祈願籤寫著：希望姊姊能晉級國民體育大會，得到第一名。玲奈的字漂亮得不像個孩子，寫著：希望全家人笑口常開。

玲奈穿著國中制服的期間，父母不時入鏡。她與母親的感情似乎特別融洽。在夏季的海邊，茂密的枝葉化爲自然的遮蔭，穿白洋裝的玲奈緊抱著母親。琴葉不曾見玲奈露出如此嬌憨的表情。跟母親共度的時光格外開心，玲奈無論在哪一張照片都帶著笑容。照片裡，姊妹倆穿泳衣在海邊嬉戲奔跑，也有蓋著草帽躺在沙灘睡著的模樣。

夜間廟會的照片中，玲奈與咲良都十分適合穿浴衣，戴著同款不同色的髮飾。在神社院落內，兩人面對面玩仙女棒。

母親的身影最後一次出現，是在玲奈高中入學當天的照片，之後便不再現身，而父親很久以前就沒入鏡。不過，姊妹的親密情誼沒變。在豎著「全國高級中學新體操選拔大會」立牌的門前，咲良和幾個同學一起拍紀念照。她滿面笑容舉起手工製作的橫布條，寫著「姊姊加油」幾個大字。玲奈站在一旁，微微垂著頭，有些難爲情。

接著，姊妹單獨在家或住處附近的照片增加，好幾張都是在同一天拍下的影像。緊緊依偎到臉頰貼在一起的兩人神情中，掩不住憂鬱。或許是決定讓咲良轉學，兩人依依不捨。

之後，全是咲良穿豐橋東中制服的照片。從前她笑容中的快樂發自肺腑，剩下自己一個人後，表情隱約透著空虛寂寥。

最後一張又與七夕有關。這次是咲良的自拍吧，只有手和祈願籤入鏡。祈願籤上寫著一行字：我想跟姊姊見面。

這肯定是遠遠早於七月七日拍下的照片。咲良未能迎接那年夏天的七夕，願望也沒實現。

琴葉努力著不要哭出來，但淚水仍漸漸模糊視野，憤怒的情感猛然爆發。她注視著須磨，一股作氣問道：「報導提及犯案的跟蹤狂僱用偵探，這是成立反偵探課的理由嗎？」

須磨略略垂下目光，「這是紗崎的願望。」

「因為玲奈姊不曉得其他的生活方式。社長只是在利用玲奈姊，竟然讓她遭遇那種危險。」

「我早明白會受到責難。」須磨痛苦呻吟般低語。「要是不讓她進入公司，誰曉得她會在哪裡做些什麼？就讀ＰＩ學校的情況也一樣。即使不留在我這邊，紗崎仍會自行展開行動。當時她沒有知識，又沒有常識，只會走上歪路。她遲早會步上成爲犯罪者的命運。」

「現在不是一樣嗎？」

「沒錯，」須磨直視琴葉，「紗崎只剩下成爲犯罪者這條路。失去妹妹後，不惜犯法的念頭就在她心中萌芽，日漸增長。當初認識紗崎，她已擁有無法回頭的眼神，我不能放任她不管。既然如此，讓她在我身邊學習與工作是最安全的道路。無論是觸犯法律的方法，或這門反社會的職業技術，我都毫不保留傳授給她。」

琴葉一陣顫慄，「您曉得自己在說什麼嗎？」

「妳理解了吧？偵探事務所的實際業務盡是犯法的行爲，否則無法應付加強個人資料保護法的時代。但是，我們不僅是過著違法的生活，而會爲委託人付出全力，跟不肖業者不同。」

「按玲奈姊的狀況，總有一天會變成殺人犯。」

「不會。紗崎在道場受過無數次留命不致死的私刑，技術早烙印在骨子裡，非常清楚界線。在消滅盤踞業界的不肖業者這個目標上，我與紗崎利害一致。」

「黑道的歪理還不是一樣，說什麼雖然違法但己方是正確的，對手的行爲不當所以要收拾掉。」

「十幾歲的妳還不懂吧。黑道將反社會當成存在的價值，偵探業卻受到社會的需要。過當的祕密容易衍生虛僞，外遇、劈腿、貪污舞弊，不可侵犯隱私的法律規範變相保障背信棄義的行爲。即使法律代表的是理想信念，但民眾沒成長到那樣的高度，反而只會助長家庭失和與職場混亂。如果探究眞相屬於違法，也無可奈何。爲了解決問題，必須有人弄髒雙手。警方沒辦法介入民事案件，由我們來做。有些事在社會上雖不合法，行爲本身卻是正確的。」

琴葉頓時說不出話。儘管這是須磨堅定的信念，她仍難以接受。經營者表態積極支持犯罪，當然不可能制止。

彷彿看穿琴葉的心情，須磨繼續道：「妳大概在想：『是非對錯不交給法律評斷，而是自行決定，未免太自私。出於自身的獨斷，便能肆意兇殘施暴，沒有底線。』所以，我要告訴妳並非如此，我們有能力理性區分善惡。無法靠自己下判斷就完蛋了。」

「社長的地位凌駕於法律嗎？那麼，這家公司不就等於信奉社長的宗教團體？社長不過是將玲奈姊洗腦成信徒。」

須磨嘆氣。「拿高中公民課學到的知識來套用，或許就會得到這種答案。但是，妳想偏了。無論紗崎或我，只是做出自己認爲正確的選擇。對我們來說，這是唯一的生存方式。我不會勉強妳理解。」

混沌的思緒與情感洶湧而至，琴葉問：「您的意思是，如果我無法理解就該辭職離開公司嗎？」

沉默片刻，須磨回答：「這是妳的自由。」

厭惡與悲傷在心底纏繞成一團，琴葉待不下去，面向門恨恨拋下一句：「玲奈姊眞可憐。」

聞言，須磨低語：「紗崎說過同樣的話，她覺得妳很可憐。」

琴葉冷不防停下腳步，轉向須磨。

須磨的面容帶有父親那個世代特有的威嚴，但語氣依舊沉穩。「若要讓紗崎敞開心扉，需要安排同部門的夥伴。可是，處理完新丸子的騷動回來後，紗崎向我強烈抗議，怪我不該讓妳進入公司，指派妳擔任反偵探課助手是個錯誤，這樣妳很可憐。不曾大聲說話的紗崎狠狠責備我。」

是他們在社長室待了很久的那一天嗎？原來須磨不是在責罵玲奈。

「玲奈姊希望我辭職吧？」琴葉沮喪地細聲問。

「不，」須磨搖頭，「她只說避免派妳到現場，要求讓妳做文書工作，薪水照付。她不想害妳遇到危險。」

「可是……昨晚她找我去中華街……」琴葉一臉掩不住困惑。

「她認爲阿比留的禮物放在公司，外頭反倒安全，因爲傳回去的座標會一直顯示公司的位置。」

模糊而難以捉摸的哀痛縈繞在琴葉心頭。

原來玲奈想保護我，一直關心著不小心踏入這一行的我。

今晚也一樣，是誰犯錯十分明顯，琴葉一臉泫然欲泣。「全怪我把GPS帶過去……」

須磨臉上掠過一抹疑惑，低聲回道：「這樣啊，原來妳把那個盒子帶往玲奈身邊。妳沒想到盒子裡是什麼吧？對新人來說或許是理所當然，但就算不曉得是GPS，妳也該留意不能帶出公司。那是敵人送的禮物，交給紗崎不僅沒意義，還非常危險。」

原本琴葉眼中偏離常識的業界倫理，卻反過來暗示她這才是常識。須磨說得沒錯，只要思考過就能做出正確判斷。爲了玲奈好，不應轉交給她。

沒人教我，我怎會知道？這樣的抗議毫無道理。職員都得保護好自身安全，在此一前提下，不可能犯下這種謬誤。

無論公司多麼黑心，辭職前她都是公司員工。既然身在此處，就該自行判斷對錯。

嘆息中帶著嗚咽，琴葉感受到自己的沒用，後悔道：「果然是我的錯，玲奈姊才會陷入險境……」

此時，玲奈模糊的話聲響起：「我說過了吧，不是妳的錯。」

琴葉一驚，呆立原地。

須磨訝異地望向大門。他打開門鎖，慢慢推開。

微微垂著頭的玲奈佇立在門外，雙手插在連帽外套口袋裡。她又換一套衣服，下半身也換上牛仔裙與帆布鞋。

琴葉凝視著玲奈，內心十分糾結。

面對玲奈，須磨冷靜低語：「妳是尾隨峰森過來的吧？」

玲奈依舊垂著目光，「她一個人出門走動很危險。」

她留意到我外出了嗎？琴葉覺得隨時會被感傷的重量壓垮。

意識到自己拿在手上的東西，焦慮油然升起，琴葉慌忙解釋：「唔，這本相簿……對不起，我擅自拿出來。」

「沒關係。」玲奈靜靜開口。「回去吧，琴葉。」

琴葉愣住，這是玲奈第一次喊她的名字。

玲奈望向須磨。「雖然還不能大意，不過沒人跟蹤。」

「回程也要小心。」須磨叮囑。

他宛如目送女兒離開的父親，看似淡然卻能窺見一絲溫柔。這兩人想必是互相理解的吧，琴葉茫然想著。

她們來到外頭。約莫是在河邊的緣故，夜裡的空氣格外冰冷。

走在空無一人的路上，琴葉只覺滿心愧疚。

此時，玲奈忽然悄聲開口：「談談妳姊姊吧，我也會跟妳說咲良的事。」

平穩的內心掀起一道詫異的波瀾，琴葉無法抗拒從煎熬中浮現的淡淡喜悅，淚水又在眼眶打轉。

「好。」琴葉點頭，跑到玲奈身邊。

琴葉像照片上的咲良一樣湊近玲奈，配合她的步調。玲奈沒有一絲嫌惡，反倒攬住她的肩膀，讓兩人緊靠在一起。

近得幾乎能感受到彼此呼吸，玲奈側臉流露透明的寂寥。琴葉不禁覺得，須磨將自己分配到反偵探課，或許有那麼一點正確。假如玲奈願意把我當成妹妹，我會盡力支持她。淚珠不知何時滾落面頰，琴葉由衷想著。

17

這天晚上沒遭到跟蹤的理由，玲奈不用想也知道。對方以為她連同車子一起沉進大海。

打撈作業或許會在夜裡完成，但就算發現車內沒有屍體，對方也會考慮到屍體漂流到周圍的可能性。即使她被緊急送到醫院，與其費工夫調查她在何處，等待明天早上的報導還較快。阿比留一夥應該是抱著這樣的態度。要是輕率前往監視須磨調查公司的宿舍，反遭警方約談就難辦了，等於間接承認涉案。

翌日早晨，東京都內是一片萬里無雲的藍天，玲奈帶著琴葉離開公寓。手機在海裡遺失，不過可向公司借備用品。徒步十分鐘左右的通勤路程與平時沒兩樣。

然而，玲奈眼角餘光瞥見停在新大橋路路肩的小客車。看到她們，男人慌張地坐進副駕駛座。

確認有人在監視。阿比留很快就會收到報告，知曉她平安無事。休息一個晚上，又要展開新一輪愚蠢至極的你追我跑。

踏進須磨調查公司的樓層入口，玲奈立即察覺氣氛怪異。辦公室裡，所有人都專注盯著電視。

會跟玲奈互道早安的同事本來就很少，玲奈開口呼喚：「桐嶋前輩。」

凝視著電視的桐嶋轉頭。「啊，早，紗崎。峰森小姐，妳也早。」

玲奈望向螢幕，上頭顯示特別報導節目的小標題，角落不時浮現「日銀總裁孫女梨央綁架案公開說明」的提要。畫面出現駛過住宅區的巡邏車。

記者在路上拿著麥克風報導：「案件發生在大田區的田園調布，日本銀行總裁吉池清彥的住宅前。上週一下午兩點左右，吉池總裁的孫女，五歲的吉池梨央幼稚園放學後，便失去蹤影。梨央原本與朋友約定在家門前碰面，但朋友等了一段時間，梨央一直沒出現。透過安裝於圍牆的監視錄影機，發現拍攝到一輛可疑客車接近，男駕駛將梨央強行拉進車內，隨即離開。目前尚未接獲綁匪要求支付贖金……」

須磨在辦公室現身，照例省略道早的招呼，直接走向玲奈，開口：「總算明白巡邏車在街上到處跑的理由。」

「從什麼時候開始報導的？」玲奈問。

「就在剛剛，之前大概都要求封鎖消息。警方超過一週沒有任何線索，才會下定決心公開案情。」

桐嶋伸手搭著後腦杓，「之前只有部分較大的媒體知情吧。」

「吉池梨央（五歲）」的小標與大頭照一起出現在電視上。她頂著蘑菇頭與一張圓臉，眼睛水汪汪，像娃娃一樣可愛。

記者繼續報導：「監視攝影機拍到的是贓車，棄置於多摩川河畔。由於沒要求贖金，目的很可能是性犯罪，搜查總部列出曾對未成年人下手的前科犯，正全力鎖定犯人。」

聽起來，警方沒從贓車驗到指紋。被害者是日銀總裁的孫女，此案攸關警視廳的威信。從報導感覺得出搜查總部的焦慮。

然而，玲奈認爲有些不對勁。提到上週一，跟阿比留前往前警視廳副總監宅邸，針對遺產繼承問題表演粗劣推理劇恰恰是同一天，會是巧合嗎？

「玲奈姊，有電話。」琴葉呼喚。

玲奈回頭。琴葉在反偵探課的辦公桌邊，拿著聽筒。

連公司廣告上都沒刊登反偵探課的名稱，難以想像會有來自外部的直接委託。玲奈問琴葉：「誰打來的？」

「一個姓矢吹的女子。」

沒印象，玲奈接過聽筒：「您好。」

「請問是紗崎玲奈小姐嗎？」一道纖弱的女聲傳來。

「我就是。」

「我是在愛知樹陽會醫科大學附屬醫院工作的醫生，名叫矢吹洋子。」

警戒一點一滴在心頭擴大，玲奈也不清楚喚起她瞬間注意力的原因。

記憶的碎片緩緩浮現。矢吹洋子醫生，玲奈確實看過這個名字。

玲奈沒能控制表情。約莫是察覺玲奈內心的動盪，琴葉擔心地轉過頭，須磨也訝異地注視著她。

「有什麼事嗎？」玲奈問。

「想告訴妳一則情報。」洋子的話聲細如蚊鳴。「我希望直接跟妳談，事關令妹。」

果然沒錯，就是在豐橋署閱覽過的文件封面上印的名字。玲奈努力保持冷靜，回覆：「我知道了。何時較方便？」

「可以的話，希望稍後就能見面。地點是台場的日航東京飯店二樓的露臺區。」

玲奈望向牆上的時鐘，思忖大概一小時內能抵達。「我十點到。」

「我等妳來。那麼，恕我先掛電話。」禮貌地停頓片刻，電話才掛斷。

玲奈放下聽筒，敲打起電腦鍵盤。她在Google搜尋引擎輸入「矢吹洋子」，以圖片顯示搜尋結果，全是外表理智認眞的同一名五十歲婦人的大頭照。介紹她的網站不少，玲奈選一個點擊，發現是關於DNA鑑定研究者的訪談報導。醫院名稱與剛剛聽到的一樣。

這下就能確認對方的長相。玲奈從櫃子裡借走備用的智慧型手機，收進提包。「我要外出。」

琴葉從旁看著網路搜尋結果，抬起頭問：「要去哪裡？」

若是告訴琴葉，她八成會溜出公司。離去之際，玲奈低聲吩咐：「麻煩妳留下待命，午餐時間也不要自行離開公司。」

18

日航東京飯店雖與商業設施及步道相連，但由於位在都市圈邊緣，附近少有人煙，二樓的露天咖啡座前幾乎沒有行人往來。優美壯闊的彩虹大橋、另一頭的東京鐵塔，和都心的高樓大廈，就是映入視野的全部景色。

話雖如此，這裡跟寂靜相去甚遠。巡邏車的警笛聲與直升機的巨響不停傳進耳中。即使警方公開案情，都心繁忙依舊，搞不好反倒因錯誤情報增加更忙碌。宛如戒嚴令的喧囂，也有一半化爲日常風景的一部分。

矢吹洋子與玲奈隔著桌子面對面，感覺比網路上的照片蒼老。她的捲髮摻雜顯眼的銀絲，灰套裝襯得略帶憔悴的面容益發醒目，本應銳利的眼神有些猶豫地垂落桌面。

洋子小心翼翼開口：「我一直想見妳一面。但是，我不斷煩惱該坦白到什麼程度，漸漸失去主動聯絡的勇氣。」

玲奈注視著洋子，「今天您還是來見我了。」

「提起令妹咲良小姐，我十分難過……現在這麼說有點晚，不過眞的很遺憾。那實在是一起不幸的案件。」

「您剛才提到『坦白』，不知是指何事？」

洋子表情認眞地回望。「聽說玲奈小姐在調查公司工作，平常有機會接觸ＤＮＡ鑑定的相關知識嗎？」

調查公司只不過是偵探事務所，但洋子約莫想像他們也會收集醫療方面的情報。玲奈搖搖頭，「沒有。」

洋子說話方式條理分明，看得出身爲醫生的豐富經歷。「我是愛知縣警的委外醫生，四年前就是我負責爲咲良小姐及嫌犯岡尾芯也做ＤＮＡ鑑定。實際上，不是由我一個人進行，還有許多醫生，但報告上記錄的是我這個負責人的名字。」

「我知道，以前我拜讀過報告。」

「斷定兩具焦屍是咲良小姐和岡尾的不是別人，就是我。只是，當時妳難道沒有疑問嗎？與留有上半身的咲良小姐不同，岡尾全身燒焦，爲何能確定是本人？」

玲奈感到一股近似厭惡的緊張感，低聲回應：「聽說骨頭沒燒掉。」

「的確，骨細胞與造骨細胞中含有ＤＮＡ。但如果增溫超過八百度，軟組織會燒成灰燼，骨頭也會化成灰。表示ＤＮＡ長度的單位叫ｂｐ，鑑定時需要約兩百ｂｐ。以三百度的高溫來說，就算是短時間加熱，DNA僅會剩餘一百bp以下。岡尾掉落在焚化爐中央，剩餘的DNA幾乎是零。」

「那怎麼判斷是本人？」

洋子沉默半晌，翻找黑皮包，抽出一本檔案夾。「要是有人知道我拿到外面，我會被追究責任。這是玲奈小姐看過的文件裡缺少的部分。」

紅框裡寫著一段文字：

由於嫌犯屍體嚴重受損，難以進行DNA鑑定，故以下分析結果，採殘留於四樓戶外通路換氣口的毛髮爲鑑定對象。

玲奈倒抽一口氣，「毛髮？」

「經判定爲岡尾將咲良小姐丟進焚化爐、自己再跳進去的開口，是好幾塊耐熱金屬板貼合形成筒狀的構造。金屬板並未熔接，僅以零件固定，所以會有些許空隙。一根毛髮夾在空隙中，警方認爲是岡尾跳進去時，頭部摩擦內壁留下。髮幹中沒有存活的細胞，但髮根還有。通常自然脫落的髮根細胞已死亡，若是被夾住而脫落，可能保有尚未分解的DNA。」

「所以，透過DNA鑑定得到的結果是……」

「僅是由現場殘留的一根毛髮做出的結論。我在報告中寫下這項前提，但在縣警本部的判斷下，最後遭簡化成無法得知事實的形式，文字修改得像順利對焦屍進行DNA鑑定。」

「縣警本部爲何這麼做？」

「說來可悲，不過這種微調在法醫現場到處橫行。當然不至於扭曲事實，但擴大解讀，甚至是刪除注釋之類的改寫頗常見。或許警方認爲，就算沒辦法做焦屍的DNA鑑定，從狀況研判無疑是岡尾。正因自覺單靠一根毛髮進行鑑定，會遭指責報告有瑕疵，才會加工修改吧。我提出抗議，卻沒受到接納，反而被告誡不能洩漏辦案過程中的任何情報。還有人暗地裡威脅我，不准曝光這件事。」

不安在玲奈心中燃起，如火焰般熊熊蔓延。

忘記是在哪裡讀過的資料，日本與國外不同，沒有法醫學研究所。無論DNA鑑定、解剖或檢測藥物反應，全委託科搜研（註）或矢吹洋子這種兼任醫生，報告最終仍由警方內部撰寫。當中沒有獨立的第三方機構做出的鑑定，或客觀的檢驗。

玲奈心跳愈來愈快。「爲什麼事到如今，您才決定吐露眞相？」

「昨天晚上，我接到警視廳委託，進行DNA比對。一條擦過汗的毛巾上附著細胞，從中萃取出一組DNA。警方表示，毛巾來自丟棄在多摩川附近的贓車內。」

「那輛贓車該不會是……」

「想必是決定公開案情後，終於能夠委託我。今天早上新聞也報導了吧，就是日銀總裁孫女梨央的綁架案。警方要求比對嫌犯與岡尾的DNA。」

洋子拿出另一份文件。複雜的數値與圖形分成兩列，左右兩邊連細節都吻合。「左邊是岡尾，右邊是這次找到的DNA。綁架梨央的犯人，可能就是岡尾芯也。」

玲奈大受衝擊，全身血液彷彿瞬間凍結。她驚愕得說不出話，只能注視著那份文件。

「怎麼可能？」玲奈不禁怒道：「這未免太荒謬。那具焦屍不是岡尾？就算不能做DNA鑑定，也能用骨骼確認身分吧？」

洋子一臉愧疚。「在火葬場會經由調節，讓爐底的骨灰皿不會直接受到燒灼，所

註：全名為「科學搜查研究所」，設於道府縣警本部的科學研究機構，也負責需要專業知識的鑑定工作。

以骨頭會留下來。可是，廢棄物處理廠的焚化設施不一樣。不同於落在牆邊的咲良小姐，嫌犯全身骨頭都燃燒成灰，化爲細粉。雖然看得出是燒焦的人體，但骨骼已無法辨認。」

「那死者是誰？」

「不知道。只是，我在縣警本部認識的人曾發牢騷，除去政令都市（註），遊民數量最多的就是豐橋市。連相關公益團體都無法清楚掌握成員與人數，若有人行蹤不明也難以察覺，就算捲入犯罪亦無從得知。」

「意思是，岡尾將遊民丟進焚化爐當替身，再留下毛髮僞裝？」

洋子微微垂下目光，悄聲回答：「我僅僅是說出事實罷了。」

「所以，他裝死長達四年，又出現在都內？」

「我與警視廳的負責人通過電話，告知對方假如岡尾還活著，可能在這四年之間犯下同樣的案件。」

無法平復的憂慮，如傷口的鮮血般滲出。

岡尾眞的不斷隨機挑選目標跟蹤與綁架，那麼湊巧，最近擄走日銀總裁的孫女？玲奈認爲，還有其他可能性。

綁架案發生在上週一，前一天阿比留利用關山偵探事務所襲擊她。原本她推測，是解決前警視廳副總監遺產繼承問題的日子在即，阿比留要提防反偵探課搗亂，但或許有更根本的原因。

當時阿比留說，妳不只當上偵探，還將同業視爲敵人，是爲了祭奠妹妹嗎？既然我想排除妳，調查妳的背景是理所當然。

腦海迴盪的鐘聲逐漸遠去，慢慢爲現實取代，這就是當下玲奈的心境。她低聲道：「謝謝您告訴我眞相。」

或許是坦白一切後，終於放下心中大石，洋子淚水盈眶。「玲奈小姐，妳不知道我多麼希望有一天能吐實。當時我屈服於縣警本部的壓力，眞的非常抱歉。」

「矢吹醫生住在都內嗎？」

「不，我住名古屋，搭早上的新幹線趕來。跟令尊聯絡後，才得知玲奈小姐的工作地點。」

「您要回去了嗎？」

註：全稱為「政令指定都市」，即人口在五十萬人以上，根據《地方自治法》由行政命令指定的大都市，大多數事務擁有與都道府縣同級的自治權，但並未完全獨立於都道府縣之外。

「我打算去見警視廳的負責人，打聲招呼再走。」

「那麼，我知道這樣很厚臉皮，但能否拜託您一件事？希望您能問出媒體沒報導的辦案進度。」玲奈掏出名片，以原子筆潦草寫下電話號碼與郵件地址。「不管打我手機或寄電子郵件聯絡都沒關係。」

洋子流露些許遲疑。「我是愛知縣警的委外醫生，不清楚警視廳的內情。況且，對搜查總部來說，我只是個局外人。」

「我明白這很爲難，」玲奈無意退讓，「還是要拜託您。無論多細微的情報都請告訴我。」

19

剛過正午，玲奈踏入橫濱中華街關帝廟後方的住商混合大樓。狹窄樓梯連接的二樓安裝有監視錄影機，但不構成威脅。那是假監視器，眞正的監視錄影機沒有閃爍的LED紅燈。

她推開印著「藪沼偵探事務所」的玻璃門。擺放在雜亂室內的一套沙發映入眼簾，一個大鬍子男人在接待二十幾歲的女子。

很久以前，玲奈與男人見過一面。與當時相同，男人領帶沒打緊的襯衫領口敞開。他似乎沒注意到玲奈，依然滔滔不絕：「關於您中意的對象，我們會先查出他與女友在哪裡約會。接下來，我們的工作人員會展開祕密行動，讓他們感情破裂。」

「讓他們感情破裂，具體來說會怎麼做……」

「這是商業機密，無法詳細說明，不過我們會巧妙安排，讓那對男女厭倦彼此。誰都不會發現刻意干預的痕跡，您的委託絕不會曝光。」

「拆散情侶的工作，在偵探的職業倫理上是受到禁止的。況且，破壞男女感情根本不是偵探的工作。」玲奈靜靜開口。

藪沼與客人都嚇一跳，轉頭望向玲奈。

「喂，」藪沼表情緊繃，「原來是紗崎。妳這是妨礙營業，不要干涉我。」

「在不肖偵探中，這是水準最低的不法行爲，拿錢不辦事。」

「講得眞難聽。這些話有什麼根據嗎？」

「自稱拆散情侶專家卻沒實際執行業務，根本連一個所謂的『祕密行動人員』都沒有。僅在接受委託的兩、三個月後，發出完成委託的聯絡，寄送請款單。反正情侶分手的機率本來就是一半一半。」

「真不巧，我剛剛跟客人說明過，這邊的簽約方式是委託費十萬圓，但若行動以失敗告終，則歸還十五萬圓，非常正派可靠。」

玲奈望向客人，「請問大名是？」

「希美。」客人顫抖著回答。

「希美小姐，即使無人干涉，男女自然分手的機率就是二分之一。假設藪沼還接受另一人委託，兩對情侶都分手的機率是四分之一，藪沼可賺二十萬。若只有一對情侶分手，藪沼賺五萬。會賠錢的狀況僅有兩對都沒分手，這樣會賠十萬，但機率是四分之一。藪沼能獲利的機率不是二分之一，而是四分之三。況且，他什麼都不用做。」

「紗崎！」藪沼有些慌張地站起。

玲奈注視著藪沼，「債務不履行，違反民法第四百一十五條，並涉嫌詐騙。」

「不要只在對妳有利的時候搬出法律壓人，妳也是犯罪者。」

希美拿起提包，慢慢起身。她垂著頭走向門口，離去前向玲奈低語：「謝謝。」

見希美的身影消失在門外，藪沼憤慨地重重坐到沙發上。

他嘖一聲，嘀咕著：「既然是反偵探課，別來找我這種小蝦米的麻煩，去教訓那些大鯨魚啊。光在中華街就有超過五家惡劣業者。」

「我早就掌握住了。」玲奈冷靜回道。「不過，我今天上門，是想收拾一個大人物。告訴我阿比留佳則的近況。」

「我會知道才怪。」

「他能任意指使關山偵探事務所，神奈川這邊的弱小業者之間應該有聯絡網吧。」

「我算弱小業者之一嗎？嘴巴眞毒。」

「加賀町署最近對拆散情侶專家頗感興趣。」

「好啦。」藪沼舉起雙手制止。「不必再威脅。受不了，妳這女人眞囂張，明明比我小十歲。」

「阿比留大概是受到警視廳委託。」

「妳還眞清楚。」藪沼起身走向冰箱，拿出一罐啤酒。他打開拉環喝一口，似乎覺得很苦。「今天早上才聽說，他收到極機密的委託，答應協助調查日銀總裁孫女的綁架案。偵探向刑事案件提供協助，根本是推理連續劇的情節，對不對？依我所知，第一次有這種案例，看來鴿子已束手無策。」

「警方爲何委託阿比留？」

「大偵探社擅長收集民間情報。須磨調查公司也一樣吧？涉嫌性犯罪的精神異常者，在犯下刑事案件前，可能引發過民事問題，而偵探對這類消息掌握得更徹底。加上阿比留熱衷於自我推銷，總算如願以償，拿到來自警方的案子。」

玲奈認爲，選擇阿比留還有一個理由。案發當天，阿比留帶著所有職員跟現任警視廳副總監與參事官見面。換句話說，全公司都有不在場證明。

只要是民間人士，都可能是嫌犯，這就是警察機關的想法。不過，在這次的綁架案中，唯獨阿比留綜合偵探社可排除嫌疑。國家公權力要仰賴民間力量時，這是比什麼都牢靠的保證。

「可是，警方委託阿比留一事，連媒體都蒙在鼓裡。即使破案，想必不會公布曾向偵探社尋求協助。」玲奈提出質疑。

「當然。要是民眾知道將辦案的特權下放給民間企業，肯定會受到隆隆炮火抨擊。這次獲得指名，據傳是阿比留曾受託處理前副總監的遺產繼承問題的緣故。當時阿比留似乎嚴重搞砸，不過，反正都跟警視廳的高層攀上關係，選擇偵探業者還是會優先考慮他。」

其實，阿比留肯定希望以解決繼承問題的有功人士身分接受委託。可惜玲奈居中阻撓，警視廳對阿比留的評價降低。但阿比留能言善道，仍與現任副總監及參事官保持良好交情。

「以民事諮商爲墊腳石，得到協助刑事案件的機會很好，但既然不會公開這項事實，等於無法爲阿比留綜合偵探社宣傳。即使能拿到謝禮，頂多是一筆錢，我不覺得有任何益處。」玲奈應道。

「只是，阿比留確實有非表現出熱誠不可的理由。」藪沼面向桌子，移動電腦滑鼠。「妳知道東京都議會的內部議事錄嗎？就是還沒在議會提出法案，但已跟政府協商完畢的政策清單，由知事或有力議員共同持有。」

玲奈靠近桌子，「你打算違反『不當連線行爲禁止法』啊。」

「別說得那麼無情，這個網站相傳連古早密碼破解程式都能輕鬆入侵，關東的偵探業者全知道。須磨先生也會偷看這個網站吧？就是早一步得知東京都在偵探業法成立後的方針，他才能迅速完成表面業務的正當化工程。」

「我聽過這個網站的傳聞，唯有這點我承認。」

藪沼將罐裝啤酒放到一旁，敲打鍵盤。「我常瀏覽這個網站打發時間。半年前出現一個有趣的案子，跟賭場有關。」

「都知事反對開設賭場吧。」

「即使是有力人士的主張，仍無法推翻國家政策，但能對設立賭場提出種種條件。雖然全淹沒在文章的大海裡，但輸入關鍵字『賭場』（カジノ）應該就能找到。咦，搜尋結果是零，怎麼會？」

玲奈看出其中的小機關，「換我試試。」

她輸入chikara並變換爲漢字「力」，打成漢字與片假名混合的「力ジノ」。按下搜尋鍵，便出現大量相關條目。

「哦，」藪沼揚起嘴角，「原來如此。爲了避免被檢索出來，把文中的『賭場』全更換寫法。」

「法案仍在審議中，要是被發現雙方同意以通過爲前提就糟了。這是戒備措施吧。」

「妳的腦袋果然很靈活，要不要來我這裡工作？」

「我拒絕。引起你注意的是哪一篇？」

「等等。就是這篇，關於如何選擇開放賭場營業後的首席偵探社。」

首席偵探社？沒聽過這個名稱。

藪沼點選該條目，叫出文件。「概略來說，拉斯維加斯和澳門都有專職偵探社，對穩定賭場的經營狀況及維持地區治安有很大的貢獻，東京都打算效法。」

玲奈點點頭。「就算警方能承辦賭場相關的刑事案件，仍需要專業人士在場，即時解決金錢糾紛或飯店的爭執之類的民事問題。」

「都內的方針似乎是想找幾家大偵探社，不過，還是會從中選出具有領導地位的偵探社全權委託，包括調查到指導、仲裁、協調，權限極大。只要賭場沒倒，就能從政府與經營團體手中拿到報酬，偵探社規模也會不斷擴大，並得以盡情收取各處賄賂。在偵探社眼中，沒有比這更誘人的機會。」

文書上記載著選擇條件：必需是法人，職員在三十人以上。過去沒有犯罪紀錄就不用提了，若是對司法與行政方面有巨大貢獻的偵探社最理想。

「要是阿比留順利救出日銀總裁的孫女……」玲奈嘀咕。

「那肯定會全場一致通過，由阿比留那邊擔任首席偵探社。」

總算釐清案件背景，玲奈離開電腦前，快步走向門口。

「連道聲謝都沒有啊。」藪沼恨恨罵一句。

「這是我要說的。」玲奈放過藪沼的詐騙行徑，應該是藪沼該表達謝意。玲奈反手甩上門。

來到外頭，玲奈在擠滿觀光客的關帝廟路上邁開腳步。賣糖炒栗子的小販頻頻向她叫賣，四周瀰漫著肉汁香氣。幾乎所有日本人都不在乎身旁動靜，自顧自往前走。骯髒雜亂的街道上，有著井井有條的人潮。隱於混沌的世界中，玲奈步向停車場。

在上週一，阿比留認爲玲奈是個障礙，於前一天策畫一場襲擊。之前她一直以爲，阿比留是不希望解決前副總監繼承問題時遭到干擾，但那恐怕不是眞正的理由。

爲了策動日銀總裁孫女吉池梨央的綁架案，阿比留必須找到負責執行的犯人。條件是對女童感興趣，得知可能擄走女童的時間和地點等情報後，必定會下手的性犯罪者。最重要的是，犯人得是警方無法掌握身分的對象。否則阿比留展現不了名偵探的風采，沒辦法立下足以被選爲首席偵探社的大功。

岡尾芯也恰恰符合綁架犯的條件。他在法律上已死亡，不可能列入嫌犯名單，絕不會遭到警方逮捕。由他來當那個意外的犯人，正是適合由偵探揭露的眞相。完全是阿比留喜歡的劇本。

話雖如此，阿比留的計畫逐漸脫軌。透過矢吹洋子做的ＤＮＡ鑑定，警方發現岡尾活著。雖然委託阿比留，但警方現在也能獨力逮捕犯人。

跟繼承糾紛一樣，這次仍是阿比留自導自演。阿比留知道岡尾的躲藏地點，也曉得梨央身在何方。

想到這裡，玲奈腦中浮現不能忽視的疑問。

四年前，將咲良住處告知岡尾的偵探，是不是阿比留？

玲奈想得知眞相，不管要冒任何風險。

如霧的蒸氣籠罩喧嚷人潮，她在交錯的各國語言中前行。人體散發出的熱氣滾燙灼人，然而玲奈心不在此。

20

晚上七點過後，在公寓中自己的房內，玲奈正在爲夜間活動做準備。

她只帶不會妨礙跟蹤和監視的工具，包括數位相機、各種預付卡、現金與智慧型手機。但是，選擇的服裝避開最理想的運動衫與牛仔褲，這次同樣穿襯衫搭裙子，帆布鞋則選COACH的時尚款式。爲了不被偵探看穿是同業，刻意保持不方便行動的打扮。

監視對象該選擇阿比留綜合偵探社，還是警視廳？玲奈尚未決定，必須觀察雙方動向，靈活判斷。

玲奈在客廳將更換衣物塞進提包，琴葉走近。玲奈告訴她詳情，並說或許整晚都無法回來。

琴葉一臉不安。「我獨自在家沒關係，但總覺得有些可疑。」

「怎麼講？」玲奈問。

「阿比留不希望計畫遭到干擾，所以派人襲擊玲奈姊，原因不就只是這樣？既然有反偵探課這種部門，對方便會想先出手擊垮我們。玲奈姊不也這麼說過？」

「事實並非如此。外界認爲已死的岡尾，在阿比留眼中最適合擔任女童綁架案的犯人。然而，岡尾過去殺害的少女的姊姊成爲偵探。要是我掌握到情報，積極追查岡尾的行蹤，可能會率先找出眞相。所以，阿比留認爲必須除掉我。」

「是嗎？」琴葉依然無法信服。「今天早上打來的矢吹洋子，是案發當時進行DNA鑑定的醫生吧？報導上提過。」

「怎麼了嗎？」

「這樣會不會太巧？就像……」

琴葉沉默半晌，玲奈問：「像什麼？」

「須磨社長跟我講解過，所謂的『確認偏誤』。」琴葉遲疑地低聲回答。

玲奈不禁嘆息，卻沒停下手。「我明白妳的意思，但我仍維持客觀判斷，也能進行邏輯思考。」

「可是，」琴葉小心翼翼地微笑，「跟咲良小姐有關的事一下全冒出來，還是有些……」

琴葉提起咲良的名字，宛如說出一個記號。不停湧現的煩躁轉為憤怒，玲奈再也無法克制。「我仔細調查過，也前往關鍵地點收集情報，妳沒一起去就不要隨便下判斷！」

發洩完怒氣，玲奈就受到內心的苛責。只見琴葉的淚水在眼眶打轉。

一片沉默中，玲奈不知所措。想到琴葉的感受，她就一陣心疼。明明是自己先大聲怒吼，現在卻滿是後悔。

「對不起。不帶琴葉同行的是我，都是我在自說自話。」玲奈低聲道歉。

琴葉生硬一笑，「沒關係，玲奈姊是為我好。」

彷彿一陣風吹過內心的空隙。琴葉的發言就是一切的真相嗎？她是擔心琴葉的安危，才選擇單獨行動？她不過是放任自己橫衝直撞吧？

她只是不想被指出判斷錯誤，難道不是嗎？

玲奈暗藏著一個想法，覺得自己無法保持冷靜也莫可奈何。這就是她的弱點吧，或許琴葉點出的問題並沒有錯。

但是，她多方面查證收集到的情報，深究細節，以事實爲根據反覆確認。

一股不知是焦躁或厭惡的情緒湧現，模糊的不祥預感壓在心頭。在她想通之前，必須冷靜深思。玲奈陷入沉默，琴葉困惑地佇立不動。唯有寂靜籠罩兩人。

忽然間，手機響一聲，似乎收到訊息。玲奈滑開螢幕。

是從陌生郵件地址送來的信件。打開一看，玲奈立刻明白寄件的是矢吹洋子。

紗崎玲奈小姐：

今天非常感謝妳，能跟妳談談眞是太好了。

我造訪過專案小組，時間雖短，還是偷聽到幾分鐘。有個可能是外國人的偵探，好像叫Airu？這個偵探提供重要情報，明天早上預計搜索東京都西多摩郡日出町平井五一五五號住屋。由於是來自民間人士的消息，沒申請搜索票，等天亮就會趕赴現場，不會在媒體上公開。

抱歉，還要麻煩妳一件事。收到信讀完，能否馬上刪除？萬事拜託。

矢吹洋子

玲奈注視著信件內文。

她應該是把阿比留（Abiru）錯聽成Airu。可推測出對阿比留來說，關係到偵探名聲的大功勞在這個地址等著他，否則不會特意動員警視廳至西部山區深處。西多摩郡日出町平井五一五五號，這是囚禁吉池梨央的地點，還是岡尾芯也的藏身處，抑或兩者皆是？

玲奈猛然回神，發現琴葉隔著她的肩膀俯視手機螢幕。

「妳要去那裡嗎？」琴葉問。

無法考慮其他選項，玲奈點頭。「即使沒有搜索票，只要明天早上警方前往現場，便會發現某些真相，這就是阿比留寫下的劇本。警方沒有入內搜索的必要，即使我今晚只是在外頭瞧瞧，應該也能明白狀況。」

「妳要開車去吧。」

玲奈複製內文的地址，貼到Google地圖查詢，顯示出地圖。一看就曉得是鄉下地方，感覺是偏僻的荒郊，附近沒有電車經過。「除了開車沒其他方法。問這個做什麼？」

「沒什麼，只是我在想副駕駛座又叫助手座，也就是助手的座位吧。」

沉默降臨，玲奈注視著琴葉。「妳留在家裡。」

但琴葉回她一個調皮笑容。「我知道地址。」

玲奈不知所措，卻漸漸湧現放棄反對的心情。或許如同琴葉所說，她需要一個助手。一旦萌生這個念頭，就覺得挺有道理。她不能因咲良失去判斷力。

玲奈似乎能明白琴葉想同行的理由。她大概是認爲，只要兩個人在一起，玲奈就不會魯莽行事，爲了琴葉的安全會克制自己。

琴葉很害怕，但擔心玲奈的安危，仍決定陪在她身邊。

玲奈露出微笑。「拿妳沒辦法。去換一套看起來不方便，其實很好活動的衣服。」

「太棒了！」琴葉轉身跑進寢室。

「琴葉，」玲奈高聲呼喚，「不能告訴任何人我們要出門，無論是社長或同事都不行。」

既然接納了琴葉，就不能逃避責任。無論發生什麼事，都要保護琴葉。玲奈將這個念頭與另一個誓言深深刻在心中，一定要彌補咲良的遺憾。

21

西多摩郡日出町平井五一五五號，玲奈用汽車衛星導航的定位功能找到目的地。

玲奈握著公司名下汽車中尚未開過的豐田Crown Athlete方向盤，從中央高速公路不停往西，下到一般道路後經秋川大道北上。

雖然還在東京都內，但離開二十三區往西走，映入眼中的是一整片僅有山林與農田的荒涼地區。行駛在深夜中，眼前景色全沉進漆黑的幽冥。

路燈稀稀疏疏，車頭燈能照亮的範圍僅限於路面與護欄，唯有散布各處的反光標記反射出孤獨的光線。

除了引擎聲以外，唯有無聲的寂靜籠罩大地。坐在副駕駛座的琴葉始終不發一語，玲奈也保持沉默。

不安或緊張會使感官益發敏銳，試圖安撫這股情緒反倒危險。

車子駛進田間小徑，在樹木之間蛇行。導航系統告知離目的地尚餘三百公尺，玲奈瞥著螢幕邊開車。兩百公尺、一百公尺，逐漸靠近。她在一段距離外停下Crown Athlete。

路邊一片黑暗，什麼都看不見，這是玲奈的第一印象。但對照導航畫面的地圖，隱約看得出前頭一棟方型建築的輪廓。她關掉車頭燈，剪影變得更清晰。四周沒有人影。

玲奈熄掉引擎，對琴葉耳語：「留在這裡等我，車門鎖好。」

車內燈照亮琴葉。她一臉不安，帶著僵硬的微笑說：「玲奈姊，妳要小心。」

走到車外，寒氣隨即包圍全身。四處傳來不眠不休的蟲鳴，玲奈步向那棟建築。

偏離馬路便是整片叢生雜草，難以行進，踏不穩腳步。玲奈沒準備手電筒，攜帶光源等於向潛伏的敵人發出通知，讓眼睛慢慢習慣黑暗是最佳方法。

玲奈走近那棟矮小的水泥平房。房子老舊，到處是裂痕。入口裝的鋁框拉門還很新，沒看到窗戶。以農家倉庫來說空間算大，若當林業器材倉庫則略嫌狹小。

玲奈繞房子周圍一圈，確認後方狀況。正面的門是唯一出入口，無論哪一面牆上都沒有窗戶。

她再次回到鋁框拉門前，試著打開。沒上鎖，門發出吱呀聲響往側邊滑開。

屋內盤踞著益發濃稠的黑暗。玲奈觀察半晌，回應她的唯有無聲的寂靜。如果有人，應該早發現她闖入。

玲奈躡手躡腳進門，扶著牆往前走。整面牆都是裸露的水泥。不久就走到角落，腳下是未鋪地板的泥土地，似乎沒放任何東西。

她又走了一會，摸索到下一個角落，感覺室內面積與房屋外觀幾乎相同。內部沒隔間，一片空蕩蕩。

此時，指尖碰觸到硬物。牆上掛著鎖鍊，垂掛在下的秤錘也是鐵製，形狀特殊。不安湧上玲奈心頭。她又摸索一陣，明白那不是秤錘。掛在鎖鍊上的物體肯定是手銬。

忽然間，一個角落的下方亮起小小光芒。

她低頭望去，見光點緩緩移動。有人蹲在那裡。

浮現在黑暗中的是一名高齡女子。矢吹洋子點起打火機，拿近叼在口中的香菸。

洋子帶著水光的眼眸注視著玲奈，玲奈愣愣望著她。

隨著洋子吞雲吐霧，菸味瀰漫。香菸前端的妖異光芒變得更亮。她深深吸一口菸，再度吐出。

「玲奈小姐，真抱歉。」洋子低喃。

玲奈不懂這句話是什麼意思，還在困惑，一道刺眼白光從敞著沒關的門口照進來，是氙燈手電筒。人影模糊不清，光朝她照過來。視神經無法適應強光，花花綠綠的殘影在逸散的光線周圍飛舞。

玲奈一驚。對方手中有人質。像貨物般遭對方挾在腋下的琴葉臉上泛起大片瘀青，哭得雙眼通紅，卻幾乎沒聽到她出聲。由於膠帶封住嘴，她只發出微弱呻吟。

原想衝過去，玲奈卻裹足不前。一把刀抵在琴葉的喉頭。那是用來切肉的片肉刀。

「琴葉！」玲奈忍不住大喊，向看不清的人影怒喝：「你做什麼！這件事與她無關，快放開她！」

人影拋下琴葉。由於雙手反綁在背後，琴葉重重趴倒。她的衣服已被割開，呈現半裸模樣，肌膚處處滲出鮮血。

對方拿掉手電筒的鏡片，放在琴葉附近。散射開的燈泡光芒如蠟燭照亮屋內。

男人的身影逐漸清晰，不是岡尾芯也，玲奈沒見過這個人。他穿深灰長大衣，戴著手套。儘管衣服穿了好幾層，仍看得出他的體型壯碩結實。從那張長臉推測，年紀將近四十。髮線後退的額頭隆起，眼角上挑。

他用力踹著倒在腳邊的琴葉腹部。琴葉縮起身子，劇烈咳嗽。

一陣憤怒湧上心頭，玲奈聽到自己像在尖叫：「住手！」

然而，男人鐵了心繼續踢踹琴葉，不時踩她的頭。

雙方隔著數公尺的距離，但男人沒放開片肉刀，就算玲奈想跑過去，刀子揮下的速度也比她快，根本束手無策。

視野因淚水模糊晃動，玲奈顫聲懇求：「拜託，求求你住手。」

聽她這麼說，男人指向牆邊，沉著下令：「去扣上手銬。」

現下不是猶豫的時候，玲奈擦乾淚，望向牆壁。上頭掛著兩副連著鎖鍊的手銬，用來固定在牆面的零件嶄新，像釘上去不久。玲奈先銬上右腕。手銬設計成沒鑰匙就無法打開，口徑比她的手腕略小。緊緊壓迫的痛楚導致指尖發麻，五指開始變色。無論如何拉扯，零件都沒從牆面脫落的跡象。

「左腕沒辦法自行銬住嗎？醫生，麻煩妳。」男人高聲問。

蹲在角落的洋子緩緩站起，叼著香菸走近。

來到靠牆站立的玲奈面前，洋子湊近，香菸的煙霧噴到她臉上。

洋子抓著玲奈的左腕牢牢銬上，邊吩咐：「霜田，拉上鋁門。」

聽到她的呼喚，男人似乎有些厭惡，將鋁門粗魯關上並鎖起。

洋子在玲奈全身上下摸索，從口袋搶走手機。慢慢後退，洋子嘴裡嘀咕：「即使刪掉我寄的信，如果遭人用專門軟體復原就沒意義，得連同手機一起處理掉。」

霜田站在琴葉身邊，注視著玲奈問：「妳猜得到我的身分嗎？」

玲奈極力克制顫抖。「姓霜田的話，你是霜田辰哉？就是足立區小混混經營的矢島偵探社那邊的笨蛋吧。我早想看看你長什麼鬼樣。」

「真是氣焰囂張的小鬼。」霜田毫無畏懼之色。「既然妳屬於反偵探課，最好記清楚，我最自豪的就是考到多種執照與資格，包括曳引機執照。」

原來當時駕駛大型拖車的是霜田。在阿比留不能派出自家偵探的前提下，他是最適合僱來跟蹤及突襲玲奈的人選。

但是，玲奈推測不出他與洋子的關係，於是挑釁地問：「你跟那個女醫生有一腿？」

霜田無視她的問題，在琴葉身邊蹲下。「看看這雙大腿，眞想舔一舔。」片肉刀重重揮下，刺穿琴葉的大腿。琴葉拱起身體，呻吟聲拔高。

「別這樣！拜託，求你不要傷害琴葉。」玲奈哭著哀求。

刀子一拔出來，血花飛濺。琴葉脹紅的臉上不停流下淚水。霜田殘忍地伸出腳，用力踩住琴葉痛得掙扎的大腿，鮮紅血泊在泥土地流淌。

琴葉！玲奈緊咬下唇，無能爲力的悲哀幾乎脹破胸口。

霜田抬頭凝視玲奈。「以爲岡尾在這裡嗎？看清楚，現在被鍊住的不是日銀總裁的孫女，而是妳。」

玲奈心頭一驚，伴隨著油然而生的虛無感，事實的碎片浮現眼前。

「其實岡尾死了吧？」玲奈問洋子。

洋子嘆口氣，彷彿在說玲奈醒悟得太晚，接著用腳跟踩熄丟到地上的菸。妳還是個孩子啊，洋子低語。「妳實在太沒知識。光憑一根毛髮的ＤＮＡ鑑定，縣警本部哪可能接受？感應器偵測到有人掉進焚化爐後，職員緊急停止運作。雖然降溫需要一些時間，但岡尾的造骨細胞仍殘留足以鑑定的量。那份報告沒有任何矛盾，岡尾毫無疑問早已死亡。」

「妳說接獲警視廳的請求，順道去搜查總部，這些都是……」

「我不記得做過那種事，嫌犯的車裡也沒搜到什麼毛巾。」洋子的口吻像在閒聊。「大學附設醫院的薪水比妳想像中低，即使兼任縣警的委外醫生，收入仍少得可憐。所以，這幾年我一直受到阿比留的關照，按照他的指示寫下病例或死亡診斷書就能拿到報酬。」

「可是，妳明明今天早上才從名古屋過來。」

霜田發出猥瑣笑聲。「紗崎，妳只是個小鬼，又是女人，果然成不了氣候。負責在隔天早上打電話到須磨調查公司，確認妳是否死在本牧碼頭，就是這位女醫生的職責。如果妳還活著，我們立刻進行下一個計畫。」

玲奈一陣顫抖，說不出話。她望向倒在霜田腳邊的琴葉鮮血淋漓的身影。

淚水奪眶而出。琴葉是對的，這是確認偏誤，她自以爲的臆測與事實有出入。阿比留與岡尾的死無關，將咲良的所在地告訴岡尾的偵探也不是阿比留。那起事件發生在距今遙遠的過去，她卻遲遲無法忘懷。由於將回憶當成紀念，當成心靈的依靠，才會判斷失誤，給阿比留可趁之機。

洋子與阿比留相識，並非罕見的巧合，而是阿比留與全國各領域權威有交情的證據。

淚水停不下來，玲奈懇求霜田：「你說什麼我都會照做，請放過琴葉。」

「我說什麼都照做？到這種時候，我沒有任何要求。無知的妳們主動踏進叫破喉嚨也不會有人來礙事的死路，乖乖等著被收拾掉吧。片肉刀這玩意眞鋒利，不如再試用一下。」霜田毫不在乎地應道。

琴葉啼哭著扭動身子。霜田以刀鋒貼在她裸露的白皙肌膚上，平行滑過。每當刀鋒稍一用力，琴葉便渾身一顫。

一陣哀痛深深刺入心中，玲奈怒吼：「我來代替琴葉！不要對她動手，拜託！」

霜田抬頭注視玲奈。「剛剛打破車窗的時候，妳知道這小丫頭做了什麼嗎？她竟然囂張地用這個對付我。」

霜田拿出電擊槍，對準琴葉衣服的裂口一按。

「住手！」玲奈大喊。

藍白火花四濺，琴葉的身體再度拱起，痛苦的呻吟尖銳迴響。

憤怒與悔恨交錯，玲奈的淚水停不下來。儘管受限於手銬，她仍衝動地想撲上前。

「我叫你住手！你這個人渣、變態、垃圾！」

霜田起身，慢慢走過來。近距離一看，玲奈發現霜田的體格相當壯碩，威嚇感十足。霜田沉默瞪著玲奈半晌，握緊拳頭打中玲奈的臉頰。

這是重得在耳裡留下回音的一拳。遲來的疼痛在臉上蔓延，另一邊臉頰也挨一記。霜田連揍好幾拳，之前嘗過的血味在玲奈口中擴散。

片肉刀揮下，襯衫一路從領口被割開到胸前，玲奈恐懼得發不出聲。霜田將電擊槍抵在她的心窩，肌膚感受到金屬的冰冷。下一刻，一陣麻痺貫穿全身，肌肉瞬間鬆弛。玲奈掛在牆上的身體頓時癱軟。

霜田慢慢離開玲奈面前，換洋子走過來。洋子拿著小型針筒，往玲奈胳臂一扎。

只見霜田再度走近傷痕累累的琴葉。連這可恨的景象，玲奈都因淚眼矇朧而看不清。

「琴葉……」玲奈細聲呢喃。

即使胳臂感到輕微刺痛，玲奈仍維持一段時間的知覺。宛如在豪雨的日子裡，望著窗玻璃外搖曳的景色，這就是玲奈所能辨識的一切。

她聽到男人的話聲。「那個叫阿比留的偵探在場嗎？」

倏然回神，玲奈茫然望著眼前的男人。

是巡警。男人的年紀相當大，眼角下垂，身材微胖，一臉慈眉善目。他坐在椅子上，面對辦公桌。

玲奈則坐在巡警旁的折疊椅上。日光燈照亮狹窄的房間，不對，這裡像是派出所。

寬敞的入口並未裝上門，門外一片黑壓壓。蟲鳴聲勢浩大，冷風吹進來。她似乎仍在深山中。

玲奈檢查自己的裝扮。服裝沒變，襯衫胸前遭割裂，但並未敞開。即使如此，她還是忍不住伸出手盡力攏起裂口。

她將視線移向別處，頸部一陣劇痛，但這下就知道頭還能動。派出所裡只有他們，沒其他人。

「琴葉呢……？」玲奈啞聲問。

巡警注視著玲奈，有些不知所措。他略帶煩惱地告知：「救護車剛剛不是載走她了嗎？另一輛救護車很快會抵達，在那之前我要先向妳詢問詳情。」

聽他這麼說，玲奈完全搞不清狀況，默默回望。

見狀，巡警縮回放在筆記型電腦上的手。「還是之後再問比較好？」

「不用。」玲奈低語。

「那我能繼續嗎？」巡警確認道。

玲奈望向黑暗的外頭。「這是哪裡？」

「派出所。」

「哪裡的派出所？」

「西多摩郡日出町。」巡警嘆氣。「傷腦筋，妳剛剛也問了同樣的問題。接下來，妳是不是想問為什麼自己會在這裡？」

「是的。」

「我在附近巡邏時聽到尖叫聲，趕過去就看到一對可疑男女逃跑。我叫救護車將峰森琴葉送醫，而妳隨我到派出所。這是妳的要求。」

哪怕是記憶的碎片也好，能不能憶起一些？玲奈完全想不起來。洋子強行注射後，她連在朦朧中失去意識的實感都沒有，彷彿瞬間移動到其他地點。

這種效果近似全身麻醉。中樞神經系統機能受到藥物抑制，並不會慢慢失去意識，而是會感覺直接跳到清醒的瞬間。玲奈以前住院治療的時候經歷過，絕不會察覺自己曾不省人事，或再度昏睡。

現在是什麼情況？記憶發生混亂嗎？不管怎樣，玲奈都覺得剛從麻醉中清醒，但巡警提到阿比留的名字。

「阿比留怎麼了？」玲奈小聲問。

巡警脫下帽子不停抓頭，望向筆記型電腦螢幕上顯示的筆錄。「我按照妳的敘述，在姓名欄輸入妳的名字。妳叫紗崎玲奈，對嗎？」

「對……」

「妳告訴我，一個叫阿比留的偵探誘騙妳到深山。那個叫阿比留的幹過很多壞事。」

「沒錯。」玲奈茫然回應。

「關於那個阿比留幹的壞事，妳能提供證據嗎？比方文件、錄音、電腦檔案之類的，什麼都可以。」

證據……意識混亂中，玲奈問：「一定要有嗎？」

「沒有就不能立案。請仔細回想，有沒有能當證據的東西？」巡警語氣沉著。

持續迷茫思考著，玲奈得到一個結論。啊，原來是這樣。

玲奈嘗試活動指尖，仍有些麻木，但勉強算有反應。她慢慢抬起雙手，伸向筆記型電腦。

「不用勉強，我來打字就好。」巡警笑道。

玲奈的雙手碰到電腦。

下一瞬間，玲奈抓起電腦，用盡全力一揮，狠狠砸向巡警的臉。

巡警跌下椅子，隨即想站起。玲奈闔起筆記型電腦，直立著拿在手中。巡警抽出腰際的警棍揮舞，她以電腦當盾牌，連胳臂都感受到衝擊。巡警將警棍往後拉，朝更低的位置揮出第二擊。玲奈的盾牌立刻滑向下方防禦。看準巡查高舉警棍揮出第三擊的空檔，玲奈抓著電腦痛毆巡警下巴。巡警噴著鼻血跳向側邊，掃倒花瓶。

花瓶砸得四分五裂。玲奈選出一片適合當利刃的碎片，刺向巡警的膝蓋。巡警哀號著翻滾在地。

「跟神奈川和埼玉不一樣，都內的派出所沒有電腦，筆錄也是用紙本。」玲奈氣喘吁吁地嘟噥。

這裡無疑是假派出所。玲奈低頭俯視巡警，看出他穿的制服在細節上與眞制服有出入，腰際的槍套裡空無一物，大概是舞台劇用的出租服裝。桌上放著電話，她拉了拉電話線，發現並未插上插孔。

假巡警在地上痛苦掙扎，看來已無法站起。玲奈翻找他的制服口袋，只有一台附閃光燈功能的即可拍相機。

這種小聰明伎倆準備得眞周到，玲奈想著。記錄用的工具爲犯罪者必備，但若是數位相機，遭警方逮捕時，拍攝內容會當場曝光。基於同樣的理由，犯罪者不喜歡帶智慧型手機。只要不洗底片就看不到照片的即可拍相機，可說是不肖業者的必備品。這個假巡警是霜田的同伙吧。

「琴葉在哪裡？」玲奈向倒地的假巡警發問。

「吵死了，賤女人。」滿頭大汗的假巡警恨恨咒罵。

玲奈往刺進假巡警膝蓋的碎片一踩，碎片深陷在他體內。假巡警發出慘叫，雙手在半空中亂抓。

玲奈慢慢加重力道。等待假巡警回應的期間，玲奈檢測起自己的認知能力。麻醉消退後的清醒狀況，與她在醫院經歷過的程度似乎相同。當時治療過程中只短短昏睡幾分鐘。現在也一樣，從遭注射到此刻，應該沒經過太長的時間。

「她在外面！從這裡往西直走，就是妳們剛剛待的小屋。」難耐劇痛，假巡警尖聲道。

「霜田與矢吹洋子也在那裡嗎？」

「醫生開自己的車離開，霜田說要把奴隸帶回家玩弄。」

奴隸指的是琴葉嗎？玲奈任憑怒氣主宰情緒，狠狠踹向假巡警側面。

她撿起在地上滾動的警棍。那是伸縮式的，看得出是防身用的市售產品。或許從即可拍相機的底片能得到物證。玲奈拿起這兩樣東西，跑向外頭。

一衝進黑暗，玲奈感到一陣熟悉。沒錯，這裡是與那棟水泥平房周遭相連的雜木林。回望假派出所，她發現只是座普通倉庫。

方位可透過觀察樹林推斷。葉片長得較大的一側是南方，青苔較多的一側是北方。正要往西前進，玲奈留意到與假派出所相鄰的鐵皮庫房。除了警棍以外，她還需要其他能當武器的用具。光靠她的力量，與強壯的霜田正面衝突毫無勝算。

但是，庫房裡沒有像樣的用具，只塞滿稜角尖銳的鋁罐、瓶裝清潔劑，及放在箱中的釘子等雜物。

話雖如此，既然只有這些材料，想出能夠活用到極致的方法就行。玲奈馬上找出一罐主要成分爲精煉礦物油的切削油，氯系與酸性的瓶裝清潔劑看起來也能派上用場。

別說一分鐘，現在一秒都不能浪費。玲奈迅速動手，將半瓶氯系清潔劑倒進酸性清潔劑的瓶子，產生氯氣。聞到冒出的異味，她一陣噁心。剩下半瓶倒進切削油罐，罐中也湧起惡臭。氯系清潔劑與切削油中的硫型極壓劑成分發生反應，產生硫化氫。

玲奈撿起地上的寶特瓶，倒進小釘子塞滿三分之一，接著壓平擠出空氣。拿著寶特瓶湊近酸性清潔劑瓶口，她放鬆握力，讓瓶身形狀恢復一半。然後對準切削油罐口，任寶特瓶完全恢復形狀。這下，寶特瓶吸進幾乎相同比例的兩種氣體。轉緊瓶蓋，將寶特瓶夾在腋下，玲奈離開庫房。

玲奈邊跑邊思考。到這種時候，阿比留突然在意起她是否握有對他不利的證據。動用假派出所的小花招，便是爲了問出答案。看來對阿比留來說，決定勝負的日子就在眼前。

前方的樹林之間隱約可見一幢屋子，辨識得出是那棟水泥平房，距離比想像中近。這裡似乎是面對屋後的方向。

忽然間，她聽到汽車引擎聲。箱形車緩緩駛過田間小徑，是一輛日產君爵。車子在房子前停下。沒關車頭燈，一道人影走出駕駛座。背對著燈光，那人的輪廓清楚浮現，肯定是霜田。

霜田走進屋中，很快抱著人質出來。琴葉依然是遍體鱗傷的半裸模樣，出血狀況嚴重，全身染成一片紅。四肢鬆弛，胳臂和腿都無力下垂。

霜田開車過來，是爲了帶走琴葉。憤怒在玲奈心中爆發，她將寶特瓶往自己與霜田的中間點扔去。

當寶特瓶滾落地面，玲奈怒喝：「霜田！」

霜田回過頭，瞪視著她，微禿的額頭青筋暴起。儘管距離遙遠，唯獨這一幕玲奈看得清清楚楚。

霜田將琴葉扔進草叢中，抽出片肉刀，轉身衝過來。

玲奈留在原地沒動，舉起相機對準霜田。待他接近寶特瓶落下的地點，玲奈立即按下快門。

藍白閃光照亮四周。閃光燈放出的紫外線，跟氯氣與硫化氫的混合氣體發生反應。伴隨幾乎要炸破鼓膜的巨響，寶特瓶猛然爆裂。釘子四處飛散，霜田慘叫著停下腳步。從他的下腹到大腿刺進無數釘子，鮮血淋漓。他痛得臉皺成一團，往前栽倒，片肉刀滑落，摔到地面。

玲奈朝霜田衝過去，揮動警棍狠狠毆打他的腦袋。霜田趴在地上動也不動。玲奈毫不留情，痛毆他的頭顱側面。她使盡全身力氣，不斷左右來回打擊。見霜田的頭無力低垂，玲奈宛如打樁般垂直揮下警棍。霜田頭頂破裂，紅色液體如噴霧飛濺。即使如此，她仍未停手。

單方面的毆打持續許久，彷彿沒有盡頭。指尖麻木得失去知覺，警棍脫手而出。直到兩手空空，玲奈終於回過神，氣喘吁吁地後退，拉開距離。

霜田躺在血泊中口吐白沫，全身痙攣，仍微微抬起右手。玲奈立即撿起片肉刀，往霜田右手背插下去。霜田發出淒厲的慘叫。這下就能確定他還沒死，也無法起身。玲奈嘆一口氣，將片肉刀遠遠拋開，轉身背對霜田，走向琴葉。

玲奈的腳步虛浮，渾身的黏膩源於飛濺沾染的血，疲憊感洶湧而至。她的身體愈來愈沉重，不禁在琴葉旁邊跪下。

失去駕駛的君爵仍亮著車頭燈，並未照到這個方向，但稍稍沖淡黑暗。琴葉仰躺著，臉龐在黑暗中朦朧浮現。她十分衰弱，血氣盡褪，蒼白不已。不僅瘀腫色澤愈來愈深，一邊眼皮還腫起。眼白何止是充血，根本染成血紅。

琴葉遍布全身的割傷滲出鮮血，刀刺中的大腿尤其嚴重。

玲奈忍住想哭的情緒，撕開裙襬做出幾條綳帶。鮮紅液體噴濺，是動脈出血。她拿布壓住傷口，以不會過緊的力道綁起。

琴葉的身體好冷，心跳極度微弱，或許沒救了。想到這裡，玲奈心痛欲裂。

不久，琴葉輕喃著：「玲奈姊……」

「不用說話。」玲奈沒停下止血的手。懷著狠狠折磨著內心的哀慟，玲奈低聲道歉：「對不起，琴葉。全是我的錯。」

琴葉不願保持沉默，無力呢喃：「不是的。」

記得她們曾有同樣的對話。明明是數日之前，感覺卻發生在遙遠的過去。現下與當時的立場相反，這次換成玲奈請求琴葉原諒。

琴葉茫然望向夜空，「星星眞美。」

哀傷尖銳地刺進胸口，玲奈只能點頭贊同。「是啊。」

「有顆橘色的星星。」

「應該是牧夫座的大角星吧。」

「眞的嗎？妳沒看也知道？」

「因爲琴葉望著偏東方的天空。」

「玲奈姊的腦袋眞的很好，跟我差太多。」淚珠在琴葉的眼眶凝結。「我是不是做不來這一行？」

「沒這回事，妳才是對的。」

「那麼，」一行淚滑落琴葉臉頰，「往後我想繼續當玲奈姊的助手，在反偵探課工作。」

悲痛壓垮心靈，玲奈忍不住哭泣。

按理，玲奈該制止琴葉，警告她這樣很危險。但是，玲奈想實現琴葉的願望，於是點點頭。

「我在第一線派不上用場，但我會努力處理文件……」

琴葉虛弱地微笑，似乎還有話想說。玲奈默默注視琴葉。

不久，琴葉悄聲耳語：「玲奈姊，妳不是孤單一人。」

玲奈湧起一股憐憫之情，內心充滿疼惜。雖然想緊緊抱住琴葉，但她的身軀禁不起挪動。玲奈的臉頰輕輕湊近，琴葉的肌膚冰冷，無情的別離等在前頭，多麼希望能堅決抗拒接受這樣的命運。

然而，琴葉的呼吸斷斷續續，不久失去聲息，玲奈駭然起身。不知何時，琴葉闔上眼。

「不行！」玲奈拚命呼喚。「快醒醒啊，琴葉！」

她伸手貼住琴葉的胸口。摸索不到心跳，呼吸已停止。

模糊的車頭燈光，受到湧入視野的淚水漫射，不停暈開。玲奈大哭著，雙手交疊按在琴葉胸口，臂肘打直，重壓到胸口深深陷下，再放鬆力道。她不斷重複進行心肺復甦術。

玲奈眼看自己的淚水不停落向琴葉沉睡的面容。神啊，不僅是咲良，祢連琴葉都要帶走嗎？我再也不想變成孤伶伶一個人。

22

迎向人生轉捩點的早晨，阿比留仍一派冷靜。

虛構故事總是率直反映出人類的願望，體現內在渴求。因此，假如創作中描繪的人格實際存在，群眾就會積極支持。

這樣的想法一點也不陳腐。諸如聽覺障礙的作曲家，或奇蹟的生質能理論的發現者等等，當劃時代人物登場，世人便一窩蜂追捧。當事人明白自身的影響力，才會戴上違背事實的面具，扮演分配到的角色。大多數人往往尚未達到目的，謊言就會遭到揭穿，失去地位，但他不一樣。獲得名聲與報酬之際，他什麼都不用做便自然站上能行使權力的立場，過去的欺瞞甚至不曾受到檢驗。扮演民眾夢想中的模樣，是更上一層樓的有效踏腳石。

偵探不過是門毫無生產性的生意。既然在故事裡被捧爲充滿知性的正義之士，只要把這種形象當成賣點就會受到大眾歡迎。一直以來，現實的狀況都對他有利。在現代社會，掌握資訊策略與人脈是關鍵。他一面在媒體上打響名聲，一面與六大都市的政治團體、律師工會與醫師工會建立緊密聯繫。所有權威都認可偵探是解決案件的專家，最後一步就是與警界勢力聯手。

不過，世上也有冥頑不靈的人。

阿比留望向站在眾多辦案人員中，那個容貌精悍的青年。記得他是二十九歲，警視廳搜查一課的窪塚悠馬警部補。

他們幾乎不曾交談，但阿比留不喜歡窪塚的眼神。那男人從不隱藏反抗之意，總像把阿比留視爲可疑人物，明顯不屑阿比留的發言，八成以「不捲入風潮、不受煽動」的態度爲傲。不過是一個小小齒輪，這麼在乎自尊心眞滑稽。但是，一個瑕疵零件可能引起整部機器故障，早點排除爲上策。

厚重雲層覆蓋上空，這是個灰色的早晨。自家公司職員與警視廳辦案人員形成兩百多人的大陣仗，阿比留加入其中，迫不及待等著眼前的大門敞開。

這裡位於江戶區的廢油再生工廠建地內，與工廠相鄰的是巨大危險物品保管樓。平常幾乎無人進出，昨天深夜卻有一輛可疑車輛駛入，不明人物挾帶貌似吉池梨央的女童。阿比留綜合偵探社的職員，透過望遠鏡捕捉到那決定性的瞬間。他們從特殊管道獲得情報在此監視，立下大功。這是阿比留安排的說法。提供照片給警視廳後，警方申請搜索票，於今日入內搜查。

附近不見媒體人員。警方並未向新聞媒體公開這次搜索的情報，據說是爲了避免綁架犯透過即時新聞察覺危險，做出最糟糕的決定。

工廠作業員從大門另一頭的寬廣建地跑過來，拔出門栓，打開門。辦案員警鼓起幹勁湧入，似乎是由機動搜查隊打頭陣。

一個眼神銳利的中年男子走向阿比留，是搜查一課課長藤戶俊久。他頷首致意，開口打招呼：「阿比留老師，感謝提供情報。確保梨央的安全是我們的首要任務，要麻煩你繼續不吝指導。」

「我明白。」阿比留向身後的人示意。「敝公司職員已掌握現場情況，應該能給辦案員警適當的建議。」

藤戶點點頭。與他成對照，站在辦案人員之間的窪塚投來訝異的眼神。當阿比留回望，窪塚立即別開視線。

流露出一絲煩躁就麻煩了。阿比留重整心情，向藤戶介紹：「這是愛知縣警的委外醫生矢吹洋子。她碰巧來東京辦事，在副總監的同意下請她同行。」

洋子神色溫和，低頭打招呼。她穿顏色低調的套裝，提著醫藥箱。

藤戶回禮。「眞是幫了大忙。我們已安排救護車，但事出突然，一時難以調度到法醫專家。」

見辦案員警集體移動，進入大門，藤戶出聲催促：「走吧。」

阿比留瞥洋子一眼，洋子也瞄他一眼。她還不至於唇邊帶笑，但眼神早傳達一切。在西多摩郡順利完成任務，早上回到阿比留身邊，就是洋子的職責。爲了避免這場會面顯得不自然，他要求讓洋子一同參與。既然洋子出現，表示障礙全數剷除，玩著反偵探課家家酒的小丫頭再也不會成爲頭痛根源。

身著西裝與制服的一群人默默穿過寬廣的建地。前頭是座容易讓人聯想到郊外購物中心的雙層建築。外觀沒有任何裝飾，白色壁面敞著一扇扇小窗。

建築內部格局錯綜複雜。阿比留暗想，即使擁有大批搜查人員，恐怕也無法輕易找到女童遭監禁的地點。

小說中描寫的偵探總會湊巧獲得線索，完全仰賴演繹法下定論，吐出的一切都是正確答案。現實不可能如此順利，除非是自導自演。阿比留從前的夢想就是當作家，編造情節是他的拿手好戲。

政治家擅長撒謊，律師和醫師也不遑多讓。既然偵探往後要與這些權威並列，自然得從善如流。

阿比留幼時個性內向。對於父親，只記得是粗暴又會施虐的人。雙親離婚後，母親帶著就讀小學六年級的阿比留搬到都市。外地口音使得他飽受戲弄，遭到同學孤立。高中畢業，他輾轉嘗試各種行業，在無法建立深厚交情、人際關係淡薄的環境中度日。不久，他留意到既然沒人記得自己，就能僞造經歷。即使是虛假的頭銜，對世人仍意外管用。正因名偵探根本不存在，不會遭到正牌偵探揭穿。

大小可容車輛進去的入口拉下鐵捲門。搜查人員聚集在門前，工廠作業員跑向操作面板，想必很快就能通過。

「今早的會議上我提過，已確認疑似綁架犯的人影動線。追蹤夜裡四處移動的手電筒燈光，敝社職員察覺燈光總會消失在一樓的特定地點。對照平面圖，發現那裡有道通往地下室的樓梯。」阿比留向藤戶說明。

藤戶點點頭。「正下方是茶水間吧。不要貿然分頭行動，先一起過去。」

結局早已寫好。綁架犯逃逸無蹤，也查不出身分，但女童安全無虞。警視廳會承認偵探在現實世界派得上用場，選擇負責監管賭場的首席偵探社時，便不會有絲毫猶豫。

鐵捲門緩緩升起，揭開推理劇的帷幕，而主角就是我。阿比留漸漸產生實感。

工廠內部空間出現在眼前，看得到裸露的鐵柱與橫梁複雜交錯的構造。挑高的中央走廊朝深處延伸，左右兩側等間隔分布著樓梯與無數道門。一行人邁步向前。

此時，最前頭的人停下腳步。阿比留佇立原地。

現場瀰漫著緊張氣氛。除了女童以外，理應無人的建築內，另有他人。鞋聲與拖曳著什麼東西的噪音愈來愈響亮。

微光中，一道纖細的身影走近，阿比留渾身發毛。對方一頭筆直長髮，穿黑夾克與牛仔褲，臉上滿是瘀青與傷口，一雙大眼如野獸般凶光炯炯。她拖著一根直徑粗大、約有一人高的鐵棍，緩緩走近。

紗崎玲奈愈走愈近，眾人屏息注視著這一幕。

阿比留驚詫得說不出話。她竟從西多摩郡回到都心？她八成是埋伏在警視廳或阿比留綜合偵探社前，看到一早有大批人馬出動，便沿路追蹤。在辦案員警等待開門之際，先行進入建築。

玲奈在阿比留面前停下腳步，目光充滿敵意。接著，她的視線移向阿比留身旁。

洋子一直戴著醫生單純善良的面具，裝出畏怯模樣時，不忘朝玲奈投以關懷的溫和視線。

「我妹妹和琴葉受你們關照了！」玲奈的怒吼響徹走廊。

挾帶破空巨響，鐵棒從水平方向揮來。洋子的腦袋側面受到重擊，身體隨著四濺的血花在半空飛舞。

現場一片譁然。面對突發狀況，偵查人員慢一拍才反應過來。阿比留感覺時間彷彿靜止了。

洋子像被車輾過，重重滾好幾圈。她的胳臂和腿呈不自然的扭曲。玲奈高舉鐵棍，徑直往洋子的身體揮落。鐵棍命中肋骨，響起堅硬物體的碎裂聲。洋子拱起身體，雙眼圓睜頗爲駭人，發出動物般的慘叫。

搜查人員衝上前，玲奈旋即拋開鐵棍，逃進建築深處。

幾個搜查人員追過去。阿比留一陣焦躁，要是偵查人員先找到女童，預先準備的劇本就會泡湯。

「鬧出太大動靜就麻煩了。綁架犯或許在這裡，刺激到對方怎麼辦？」阿比留極力說服藤戶。

「先待命，別再追。不要輕舉妄動！」藤戶臉色驟變，大聲下令。

偵查人員腳下一頓，唯有窪塚繼續追逐玲奈。其他同事呼喚著「窪塚，快回來」。窪塚似乎沒聽進去。或許是練過新體操，玲奈輕盈抵達連接二樓的走廊，窪塚跑上樓梯。儘管被玲奈甩開很長一段距離，窪塚仍跟著消失在二樓通道。

藤戶低聲交代搜查人員快打電話阻止窪塚。部下拿出手機，卻顯得頗為困惑。

阿比留益發焦慮。電話打不通，這種建築內部屬於通訊服務範圍外，他才會選擇當女童的監禁處。難道並非所有搜查人員都會分配一台無線對講機？若派人去喚回他，現場只會更混亂。

急救人員抬擔架過來。洋子倒在地上渾身痙攣，鼻血流得滿臉都是。

藤戶注視阿比留，「情況刻不容緩，得開始進行搜索。」

阿比留心急如焚。想到拖拖拉拉之際，玲奈或許會搶先抵達女童的監禁處，他就急得快發瘋。沒時間繞路了，但在這麼寬廣的建築內，立即找到女童未免太不自然，與事前告知警方的情報也會有出入。

無可奈何，阿比留邁開腳步。「我們去地下室吧，往這邊走。」

大部隊開始移動。藤戶頻頻停下腳步，對照平面圖與實景，讓阿比留火上心頭。快走啊，沒必要看平面圖，我勘查過好幾次，絕不可能搞錯路線。

通往地下室的樓梯走到底，前頭是讓人聯想到貨船船底的狹窄走道。搜查人員排成一列行進。空調管線錯綜複雜，牆邊並排著高壓用電設備，前方有一道門。機動搜查隊先進去，搜查一課尾隨在後。阿比留跟著藤戸入內。

茶水間的長桌上散放著各種工具，還有一台老舊的筆記型電腦，是MacBook Pro。這馬上引起搜查人員的興趣，藤戸指示啓動電源。

阿比留擺出一無所知的表情，佇立在角落。電腦無法正常啓動，會出現藍屏當機的症狀。接著，他會提供修理電腦的創新方法，最後從存在電腦硬碟的照片檔找到監禁女童的地點。這很容易成爲媒體大肆渲染的插曲。

流程早排定。茶水間除了烤箱，還有一台冰箱。從電腦取出主機板放進烤箱，用一百七十度加熱六分鐘。熱度導致銲錫接合處融化，接起斷掉的電線。放進冰箱降溫，擦乾水分再裝回電腦，就能順利開機。這個解決手法大膽又富有意外性，偵查小組肯定想不出來。

不料，偵查人員興奮大喊：「啓動了！」

阿比留倒抽一口氣，全身寒毛直立。他匆匆走近，看著螢幕。原本應該停留在全藍的畫面不動，現下作業系統確實順利啓動。

「阿比留老師，接下來呢？」藤戶問。

沐浴在眾人的視線下，阿比留一陣焦躁。不經意掃過散放在桌上的各種工具，他的腦海掠過一個想法，難道……

阿比留撥開人群走近烤箱。他打開烤箱門，伸手一探。好熱，他不禁縮手。背脊竄過一股惡寒。玲奈搶先一步，她肯定竊聽過今早的會議，知道警方會先前往茶水間。阿比留在會議中沒提及接下來的劇本，但玲奈看穿他的想法，修復電腦，想必也發現記載監禁地點的檔案。

藤戶皺起眉，辦案小組在等待指示。阿比留暗想，根本是白癡表情展覽會。

每當傳出警方的無能醜態，總會有人大發議論，認爲愚蠢的警員僅占極小部分，大多數仍十分優秀。這些人若非不通世事就是沒知識，或許根本對警察機關一無所知。警察忠實執行命令，幾乎已停止思考，眼前這批員警就是絕佳例子。連搜查一課課長都只顧著詢問他的意見，正因這是警視廳副總監的命令。要警察脫離被動心理，以自己的意志行動，需要耗費一段時間。

還有一點空檔，阿比留跑向門口。「請稍後，我馬上回來。麻煩各位絕不要輕舉妄動。」

搜查人員塞滿走廊。阿比留擠開人群匆匆趕路，眾人投來訝異的視線。等他們開始冷靜思考就來不及了，在綁架犯的藏身處，竟容許一個民間人士無視警察到處亂跑。趁他們意識到這樣的狀況多麼不對勁前，得先採取對策。

阿比留爬上一樓，同樣有好幾個制服警察守在長廊。他繼續跑上樓梯，在空蕩蕩的走道上狂奔，衝進逃生通道，只見四周堆著紅色金屬容器。在這座設施裡，儲藏著分裝成小份量的汽油，是用以管理品質的樣本，由於在研究方面用途廣泛而大量儲備。此處難以通行，意味著不容易成爲搜索目標。所有舞台設定都非常完美，至少在那個小丫頭搗亂前確實如此。

他穿過數個相似到分不清的房間，經過複雜的走道，總算抵達二樓東南方的角落。步下通往中間夾層的樓梯，在樓梯平台的牆面有一道鐵門，門閂插著。豎起耳朵可聽到女童的哭聲，且內側傳出敲門聲。

阿比留發出安心的嘆息，看來監禁地點沒發生變故。

他慢慢走向那道鐵門，突然感到背後有人的氣息。

倏然回頭，只見一個女人佇立在樓梯上。

是紗崎玲奈。

心跳加速，鼓膜隆隆作響。阿比留冷汗直流，注視著玲奈。

阿比留竭力按捺驚慌。這裡只有他和玲奈。玲奈甩掉窪塚，搜查人馬還在地下室。即使嘗試分析電腦中的圖片檔，沒有他的推理，仍得花一段時間才能找到監禁地點。

然而，玲奈出乎他的預料。那些搜查人員也一樣，他們眞的如此駑鈍嗎？

玲奈目不轉睛，瞪著尙未恢復冷靜的阿比留。

「平安救出日銀總裁的孫女，名偵探立下大功勞，獲選爲監管賭場的首席偵探社。這很了不起嗎？」玲奈的話聲在屋內低低迴響。

意思是，她早看穿一切嗎？實在是裝模作樣的威脅。阿比留顫聲回應：「如果偵探能像推理小說所描寫，地位得到認可，身爲其中一員的妳肯定會自豪，不是嗎？就算妳站在反偵探課這種矛盾的立場也不例外。」

「現實與小說不同，」玲奈靜靜回應，「根本無法自由決定情節走向。」

「我可以。一切機緣巧合都由掌權者安排，即使僅僅是自營業主聚集而成的偵探業界也受權力支配。爲了在社會上擁有影響力，最重要的就是扮演好角色。」

「角色？」

「對，角色。偵探的角色是解決困難案件。法醫的角色得重視人命，埋頭研究。即使是以令妹的死為誘餌，設下圈套的惡劣老女人也一樣。現下妳的角色，就是在搜查人馬面前，讓善良的女醫生受到瀕死重傷的精神病患。」

阿比留內心的從容逐漸膨脹，自己的演說聽起來十分愉快。他不禁有些激動。

然而，玲奈不顯倉皇的冷靜模樣，再度喚起阿比留的警戒。

現場瀰漫著成分不明的奇特氣氛。保有優勢的究竟是哪一方？阿比留不明白。他數度試圖除掉玲奈，但玲奈仍會出現擋住去路。此刻，他們在監禁女童的小房間前對峙。這是一盤瀕死的西洋棋局嗎？不，光憑一枚棋子，國王不可能被逼上絕路。

驀地，阿比留一陣顫慄，視線自然轉向門口。聽得到女童的哭聲，但不知何時，內側傳出的敲門聲已停止。最根本的問題是，女童有辦法敲門抵抗嗎？明明她被囚禁超過一週。

阿比留不安到極點，連忙抽出門栓，打開門。

惡臭刺激著鼻腔，女童排泄的糞尿一直沒處理。裡頭備有充分的水和糧食，關上這道門後，應該一次都不曾開啓。

然而，阿比留領悟到自己假設是錯的。

一個男人跪在昏暗的室內，懷裡是裹著毛毯的女童。

窪塚抬頭瞪著阿比留，低沉的話聲在室內迴響：「阿比留，你忘記刑警這個角色了。」

恍若晴天霹靂，阿比留受到一陣衝擊，甚至站不直身子，腳下有些踉蹌。

窪塚抱起女童緩緩站起，走出監禁房。阿比留不住後退。

根本不必猜測箇中原委。見玲奈直接跑過來，窪塚追著她抵達此處，卻找不到她的身影。他聽到女童的哭聲，打開門栓進去查看，躲在外面的玲奈隨即關門上鎖。

不斷在內側敲門的是窪塚，玲奈隔著門請他不要出聲，而他選擇遵從。換成是遲鈍的警察，肯定會繼續大聲呼叫。

阿比留茫然呆立在樓梯間，原來棋子真的有兩枚。

隱隱約約的吵雜聲與大批人馬的腳步聲傳來，是搜查人員。雖然還有一段距離，但他們已走出地下室展開行動。就算手機不通，只要窪塚高聲呼喊，一切就完蛋。

阿比留難以接受眼前的情景，多麼希望時光倒流。冒出這種不可能實現的願望，或許是感到現實猶如虛構的變種。

惡魔般的點子掠過阿比留腦海，仍有轉圜的餘地。

他跑向牆邊，轉開金屬容器的螺旋蓋，掏出打火機。

「住手！」窪塚大喊制止。

爲時已晚，阿比留毫不猶豫地將打火機扔進容器。

阿比留沒預料到會有何後果，從未體驗過的恐懼迎面撲來。

豔紅的火球轟然炸開，突如其來的熱風將阿比留掃出去。那一瞬間，他的耳朵失去聽覺。

火焰膨脹，席捲四面八方。如同微血管般遍布各處的瓦斯管線全數破裂，化成熊熊火柱。到處噴出猛烈蒸氣，照明熄滅。失去方向的高壓電開始漏電，藍色閃電竄過天花板。

窪塚彎腰護住女童。阿比留剛要跑下樓梯，玲奈立刻翻過扶手，跳到他面前，再次擋住他的去路。

烈焰熊熊冒出，往天花板及牆壁延燒。警鈴響起，啓動灑水系統。豪雨立即從天而降，但不足以滅火。狂亂舞動的火勢一發不可收拾。

阿比留不曾靠蠻力突破難關，暴力行動總交給其他業者負責。但是，眼前不是堅持這種事的時候。只要那個小丫頭、窪塚和女童都葬身火窟，便能守住祕密。

一根扶手的支柱瀕臨脫落，阿比留硬拔下來。他舉起鐵棒，怒吼著撲向玲奈，用盡渾身力氣狠狠揮落，雙手一陣發麻。只見玲奈單膝跪地。

有希望。阿比留不斷揮舞鐵棒。全身濕透的玲奈垂著頭毫無抵抗，鮮血從太陽穴汩汩流出。打倒她了嗎？阿比留舉著鐵棒，停在半空沒揮下。

玲奈等待著伴隨劇痛而來的麻木感消失。這幾秒的停頓不是被打垮，而是爲了讓洶湧的憤怒麻痺痛覺，喚醒在體內騷動的氣勢。

玲奈抬頭瞪著阿比留。他依然高舉鐵棒，顯然陷入慌亂。

機不可失，玲奈抬腿一踢，腳跟命中阿比留的下顎。她透過膝蓋推測出衝擊強度，運用反作用力，同時在攻擊腳與軸心腳蓄積彈力，雙腳不點地接連使出踢擊。阿比留鼻血直噴，滾落在後方樓梯平台。

樓梯忽然傾斜，整棟建築漸漸崩塌，橫貫天花板的龜裂愈來愈多。

阿比留仍沒放開鐵棒，坐著揮向玲奈。玲奈狠狠撞倒阿比留，握拳痛毆他一邊耳朵。阿比留發出痛苦的哀號，鬆開鐵棒。下一秒，他揪住玲奈的領口。玲奈左手抓住阿比留的手腕，右手抓住阿比留的拇指，用力一拗。阿比留慘叫連連。玲奈狠狠肘擊阿比留的後腦杓，於是阿比留趴倒在樓梯平台，不再動彈。不知是不是額頭裂開，地上流淌著殷紅鮮血，旋即被灑水器沖淡。

玲奈佇立原地，俯視著阿比留。

豪雨奪去體溫，火焰帶來酷熱。這幅地獄般的景象不可能保持均衡，火明顯比水更占優勢。

數道腳步聲接近，窪塚朝一樓大吼：「在這裡！」

樓梯平台在火焰中逐漸坍塌。瓷磚與美耐板迸裂彈開，碎片隨噴出的濃煙散落四周。

玲奈爬上通往二樓的階梯，走到一半就停下腳步。她回望中間夾層的樓梯平台，窪塚抱著女童。

將窪塚關進小房間後，玲奈隔牆問出他的姓名。當時他高聲表明是搜查一課的警部補，玲奈請他暫且默默豎起耳朵傾聽。

他並未服從於集團，選擇來追我，應該能判斷是非。玲奈如此確信。

女童的臉露出毛毯，沾滿黑灰。那純真的眼眸帶著畏怯，恐懼得不停顫抖。玲奈的內心如沙漠般荒涼。

窪塚眞摯地注視玲奈。「一起走吧，我想瞭解詳情。」

火勢愈來愈大，搜查人員一時無法趕來。斷斷續續的震動自下方襲來，從地板龜裂處噴出的濃煙如氣球膨脹，逐步呑沒傾斜的樓梯平台。

玲奈搖頭，「我事先勘查好出入口了。」

我不會跟你走，這是玲奈的回答。

窪塚一臉無法信服，仍接受玲奈的決定，靜靜地問：「妳是偵探嗎？」

空虛的疑惑盤踞在心頭，玲奈頷首。

「那麼，」窪塚加重語氣，「妳就是這孩子的恩人。」

在冰冷的雨中，連心都差點凍結。玲奈輕聲呢喃：「偵探不會解決任何案件。」

窪塚的身影像烈日下的霧氣般模糊搖曳，束手無策地佇立原地。下一刻，大批穿西裝的警察趕到樓梯平台，四下迴響著呼叫聲。窪塚，你不要緊吧？她是梨央嗎？

玲央轉身奔進瀰漫的黑煙中。

她全速衝過走廊，試圖甩開隨時可能糾纏的軟弱不安。

太好了，即使淚水盈眶也能歸咎於煙霧。說起來，滑落臉頰的水滴，根本只是灑水器落下的雨。我沒哭。

23

何時接獲警方聯絡都不奇怪，這樣的日子持續好幾天。或許會有一群便衣巡警闖進須磨調查公司，這也不是什麼怪事。

然而，變化並未造訪。一天，知曉來龍去脈的須磨不經意嘀咕一句，警方應該不會對我們說什麼。他的語氣像在閒聊。

這是搜查一課親自出馬處理的綁架案，不可能中途放棄調查眞相，更不可能無視發生在搜查人員眼前的暴力行爲。抱持這種想法的，只有不瞭解警察機關的人。玲奈很清楚這一點。

福島縣警的磐城市東署憑空捏造搶劫案，檢舉一名主婦。在大阪府堺南署的槇塚台派出所，警察私吞民眾拾獲的十五萬圓，堺南署竟誣陷將錢送交警方的孕婦涉嫌侵占。神奈川縣警外事科的警部補不只有外遇，還服用興奮劑，縣警當局爲他爭取時間，直到尿液驗不出陽性反應。警視廳城東署的前巡查長，曾構陷無辜男子涉嫌在車中藏有興奮劑。

若非碰巧爆發出來，無論哪一件造假行爲恐怕都會永遠埋葬在黑暗中。認定身爲平凡公務員的警察會基於義憤之心行動，甚至不惜斷送往後收入，簡直是痴人說夢。

大概很多人會表示，非常清楚警察多努力工作。但那些人會知道這種事，意味著有旁人在場。在無人監督的狀況下，警察會有何行動？這次的案件赤裸裸呈現警政組織的本質。

阿比留的犯案動機，源自當局的行政方針。他預測審議中的賭場設置法案將會通過，挑選首席偵探社的協議也在檯面下進行，國家政府與東京都政府已取得共識。現階段警方根本不能公布這件事。

這次的逮捕大戲中，出於管理階級特有的警戒心，搜查一課課長並未找媒體到場。就結果而言，他的直覺拯救了警視廳。既然首席偵探社的議題仍隱而不宣，將辦案權限下放給民間偵探業者的舉動會被視爲警方的獨斷行爲。要是眞相曝光，媒體肯定會一窩蜂大肆渲染，指責警視廳分不清推理小說與現實。

玲奈從電視新聞看到阿比留遭逮捕，報導提到這個男人是綁架案的主嫌，落網時爲了抵抗而縱火燒屋。絲毫沒談及辦案小組同行，或他是警方委託的偵探。由於阿比留是名人，引起大眾強烈關注。另外，有人檢舉矢吹洋子曾竄改法醫鑑定報告。不過，媒體當成與阿比留的案子完全不同的新聞報導，完全沒觸及咲良的案件。其他不肖偵探業者害怕受到停業處分，並未針對傷害罪提告，還是老樣子。看來，所有風波都歸於平靜。

話雖如此，警方恐怕早知道眞相。玲奈暗暗想著，從我的行動中，警視廳應該已推斷出詳情。

往後，搜查一課想必會關注我的動向。那個叫窪塚的警部補，會成爲其中一員嗎？即使被警方視爲危險人物也無所謂。儘管將「指定暴力團」一詞掛在嘴上，警方仍無法根絕組織犯罪。偵探事務所的性質類似，都是除了挑戰法律以外，不曉得其他生存方式的人。

綁票案結束一個月後，玲奈漸漸覺得須磨的推測是正確的，恢復日常生活。她獨自回到反偵探課的辦公桌前。

玲奈不時瞥向架子上的小小白熊玩偶，就是那隻三吋大的波列特熊。玲奈姊，妳不是孤單一人，她彷彿能聽到琴葉悄聲耳語。

稍過正午，桐嶋來找她。「妳不去探望峰森嗎？」

玲奈沉默片刻，木然反問：「爲何挑這種時候提起？」

「因爲妳臉上的瘀青總算消失。要是看到挨揍的痕跡，峰森恐怕會想起那件案子，引發心理創傷。不過，我認爲是時候了。」

哦，玲奈應一聲，不置可否。她鐵了心佯裝在整理手邊的文件，想擺脫桐嶋。

「以前我爺爺常說，人生是一張單程車票，要好好珍惜光陰啊。」桐嶋輕輕嘆息。彷彿有一陣風穿過體內，玲奈抬起頭。桐嶋已轉身離去，走向偵探課的辦公桌。

24

在湛滿黃昏色彩的天空下，玲奈前往築地的日本福祉綜合醫院。

玲奈不喜歡在探病時送花。花過沒幾天就會凋謝，讓人不得不無奈地感受到綻放與枯萎的落差。即使更換，凋零的花也不會恢復原貌。病房內想必妝點著其他探病的人送來的鮮花吧，但她不想帶。

與其特地購買禮物，還不如直接給現金，這是玲奈的想法。同時，也是因爲有個東西希望琴葉收下。

三吋大的波列特熊，玲奈拿著附鑰匙圈的白熊娃娃。之前琴葉提過，現在這已不稀奇。實際上，就算收到這個有點髒的波列特態當禮物，她大概也開心不起來吧。

但是，當下對玲奈有價值的事物，唯有這隻波列特熊。笨拙如她，只能做到這件事。

住院大樓昏暗的通道中，僅有日光燈的亮光綿延不絕。玲奈走在空無一人的長廊。病房的門上開著一扇玻璃小窗，看得出幾乎每一間都熄了燈，患者的夜晚來得很早。假如琴葉已就寢，就靜靜離去吧。玲奈在心裡做好決定，繼續前行。

走到琴葉的病房，只見小窗透出燈光。玲奈鬆口氣，準備進去。忽然，她聽到模糊的談笑聲。

玲奈躡手躡腳湊近窗邊偷看。琴葉坐在病床上，額頭與臉頰貼著紗布，瘀腫已消退。玲奈發現好久沒看到她的笑容。

床邊放著拐杖。之前醫師曾向玲奈說明，琴葉的大腿肌肉幸運地並未斷裂，歹徒僅刺到皮下脂肪。

關於琴葉臉上的傷痕，醫生表示縫合的疤痕會消失得乾乾淨淨，畢竟她還年輕。而後，醫生注視著玲奈提醒，比起別人，妳得先擔心自己。每天都有塗消毒藥水嗎？不妥善處理會癒合得很慢。

在與琴葉交談的是四十歲左右的一對男女，想必是她的父母，一家人長得頗像。穿西裝的父親約莫是上班族，從打領帶的方式可窺見一板一眼的性格。母親穿簇新的連身裙，與女兒會面顯得萬分欣喜。

枕邊放滿花束與水果。琴葉的朋友似乎很多，應該有同學從廣島來東京探病。

驀地，玲奈注意到還有兩名訪客。

一個是比琴葉大幾歲的女子。一頭長捲髮，長得與琴葉十分相似，約莫是姊姊彩音。連帽外套搭連身裙的裝扮，看起來像大學生，其實她已是主婦。那麼，旁邊就是她的丈夫嗎？他穿合身的針織衫，是個氣質清新的青年。

彩音與琴葉說笑一陣，不久在床邊蹲下，響起喀沙喀沙的紙張摩擦聲，似乎在拆包裝。接著，彩音懷抱一隻大大的黃金獵犬娃娃站起。

琴葉十分驚喜，滿面笑容地張開雙手，準備迎接娃娃。見琴葉將娃娃抱了滿懷，全家人泛起祝福的笑意。

伴隨著深深的安心感，近似憂愁的落寞暈染開來。這就是玲奈的心境。她悄悄離開門旁，尋求她渴望永遠棲身的寂靜。

在空無一人的走廊折返，玲奈來到昏暗的大廳。服務窗口關起，候診長椅上不見任何身影。

經過垃圾桶時，玲奈將波列特熊隨手一丟，並未停下腳步，徑直走出大門。

闇夜在眼前展開。這是個寧靜的夜晚，彷彿攤開掌心，便能觸摸染成漆黑的天幕。

玲奈望向天空，星星不停閃爍。東方浮現橘色光點，是牧夫座的大角星。那道光輝突然不停搖曳。要是她垂下頭，眼淚大概會滑落。

玲奈不禁想起咲良。我永遠見不到她了，全家一同歡笑的日子不會再回來。多麼希望帶著偵探的專業技能重返四年前，這樣就能拯救咲良。包括爸爸的外遇，我可以早早把證據擺到他面前，逼他結束不正常的關係，媽媽的狀況便不會惡化，而我也不會走到這一步。

手機震動，鈴聲響起。玲奈按下通話鍵，「您好。」

「紗崎，」須磨穩重的聲音傳來，「抱歉在下班時間打給妳。現在方便通話嗎？」

玲奈拭去淚水，「請說。」

「有件工作我想交給反偵探課。」

落葉般的寂寥翩然而至，玲奈陷入沉默。

停頓片刻，須磨問：「怎麼了嗎？」

「沒有，我馬上回辦公室。」玲奈應道。

大概是覺得該表現出最基本的關心，須磨改變措詞：

「妳一個人不要緊嗎？」

「我不是一個人。」

還有咲良活在我的記憶中。

結束通話，收起手機後，玲奈邁開腳步。

隨著夕陽西沉，溫度降至谷底，空氣冰冷凝滯。四面八方滿是微風帶起的高亢而神祕的沉默。側耳傾聽這份寂靜吧，繃緊神經感受一切氣息吧。從現在起，我將再度化身為偵探的偵探。

（全文完）

NIL 07／惡德偵探制裁社

原著書名／探偵の探偵
原出版者／講談社
作　　者／松岡圭祐
翻　　譯／陳姿瑄
責任編輯／詹凱婷
編輯總監／劉麗真
總 經 理／陳逸瑛
榮譽社長／詹宏志
發 行 人／涂玉雲
出 版 社／獨步文化
城邦文化事業股份有限公司
104台北市中山區民生東路二段141號5樓
電話：(02) 2500-7696　傳真：(02) 2500-1967
發　　行／英屬蓋曼群島商家庭傳媒股份有限公司
城邦分公司
104 台北市中山區民生東路二段141號2樓
網址／www.cite.com.tw
讀者服務專線／(02) 2500-7718；2500-7719
服務時間／週一至週五：09：30～12：00　13：30～17：00
24小時傳真服務／(02) 2500-1900；2500-1991
讀者服務信箱E-mail／service@readingclub.com.tw
劃撥帳號／19863813
戶名／書虫股份有限公司
香港發行所／城邦（香港）出版集團有限公司
香港灣仔駱克道193號東超商業中心1樓
電話／(852) 2508-6231　傳真／(852) 2578-9337
E-mail／hkcite@biznetvigator.com
馬新發行所／城邦（馬新）出版集團
Cite (M) Sdn Bhd
41, Jalan Radin Anum, Bandar Baru Sri Petaling,
57000 Kuala Lumpur, Malaysia.
Tel: (603) 90578822
Fax:(603) 90576622
email:cite@cite.com.my
封面插畫／清原紘
封面設計／馮議徹
排　　版／游淑萍
印　　刷／中原造像股份有限公司
●2016（民105）2月初版
售價260元
 ISBN 978-986-5651-48-0

國家圖書館出版品預行編目資料

惡德偵探制裁社／松岡圭祐著；陳姿瑄譯
.–初版. – 台北市：獨步文化，城邦文化出
版：家庭傳媒城邦分公司發行，民105
面； 公分. --（NIL；07）
譯自：探偵の探偵
ISBN 978-986-5651-48-0
861.57　　　　　104027015

廣　告　回　函
北區郵政管理登記證
台北廣字第000791號
郵資已付，免貼郵票

104台北市民生東路二段 141 號 2 樓

英屬蓋曼群島商家庭傳媒股份有限公司

城邦分公司

請沿虛線對摺，謝謝！

書號：1UY007	**書名**：惡德偵探制裁社1	**編碼**：

請於此處用膠水黏貼

讀者回函卡

謝謝您購買我們出版的書籍！

請費心填寫此回函卡，我們將不定期寄上城邦集團最新的出版訊息。

姓名：＿＿＿＿＿＿＿＿＿＿＿＿ 性別：□男 □女

生日：西元＿＿＿＿＿年＿＿＿＿＿月＿＿＿＿＿日

地址：＿＿＿＿＿＿＿＿＿＿＿＿＿＿＿＿＿＿＿＿

聯絡電話：＿＿＿＿＿＿＿＿＿＿ 傳真：＿＿＿＿＿＿＿＿

E-mail：＿＿＿＿＿＿＿＿＿＿＿＿＿＿＿＿＿＿

學歷：□1.小學 □2.國中 □3.高中 □4.大專 □5.研究所以上

職業：□1.學生 □2.軍公教 □3.服務 □4.金融 □5.製造 □6.資訊

□7.傳播 □8.自由業 □9.農漁牧 □10.家管 □11.退休

□12.其他＿＿＿＿＿＿＿＿＿＿＿＿＿＿＿＿

您從何種方式得知本書消息？

□1.書店 □2.網路 □3.報紙 □4.雜誌 □5.廣播 □6.電視

□7.親友推薦 □8.其他＿＿＿＿＿＿＿＿＿＿＿

您通常以何種方式購書？

□1.書店 □2.網路 □3.傳真訂購 □4.郵局劃撥 □5.其他

您喜歡閱讀哪些類別的書籍？

□1.財經商業 □2.自然科學 □3.歷史 □4.法律 □5.文學

□6.休閒旅遊 □7.小說 □8.人物傳記 □9.生活、勵志 □10.其他

對我們的建議：＿＿＿＿＿＿＿＿＿＿＿＿＿＿＿＿

＿＿＿＿＿＿＿＿＿＿＿＿＿＿＿＿＿＿＿＿＿＿

＿＿＿＿＿＿＿＿＿＿＿＿＿＿＿＿＿＿＿＿＿＿

為提供訂購、行銷、客戶管理或其他合於營業登記項目或章程所定業務需要之目的，家庭傳媒集團（即英屬蓋曼群島商家庭傳媒股份有限公司城邦分公司、城邦文化事業股份有限公司、書虫股份有限公司、墨刻出版股份有限公司、城邦原創股份有限公司），於本集團之營運期間及地區內，將以mail、傳真、電話、簡訊、郵寄或其他公告方式利用您提供之資料（資料類別：C001、C002、C003、C011等）。利用對象除本集團外，亦可能包括相關服務的協力機構。如您有依個資法第三條或其他需服務之處，得洽詢本公司服務信箱cite_apexpress@cite.com.tw請求協助。相關資料不提供亦不影響您的權益。

□我已詳讀權利義務之相關條款，並同意遵守。

請於此處用膠水黏貼

廣　告　回　函
北區郵政管理登記證
台北廣字第000791號
郵資已付，免貼郵票

104台北市民生東路二段 141 號 5 樓

英屬蓋曼群島商家庭傳媒股份有限公司

城邦分公司

獨步文化　　收

請沿此虛線剪下，將活動卡對摺、黏貼後寄回即可